Eintritt frei für Männer

AF287123

Der Autor

Wolfgang A. Gogolin, geboren 1957, publiziert in seiner Heimatstadt Hamburg. Nach dem Studium in Berlin war er kurz als Rechtspfleger und lange Jahre als Standesbeamter tätig. Zuletzt erschien im Jahre 2007 seine Kurzgeschichtensammlung „Beamte und Menschen". Der Autor ist Mitglied der Literatengruppe WortWerk (www.wortwerk-hamburg.de) und Veranstalter der monatlichen Spät-Lese im Kulturhaus Dehnhaide.

Bisher erschienen:

Karawane des Grauens (2002)
Der Puppenkasper (2004)
Beamte und Erotik (2006)
Beamte und Menschen (2007)

Lektorat/Korrektorat

Dieter Aipperspach, Niendorf 1
Matthias Fehlberg, Hamburg, www.matthias-fehlberg.de
Heike Hartmann-Heesch, Hamburg, www.papiersinfonie.de
Norbert Krüger, Hamburg, www.norbert-krueger.com

Wolfgang A. Gogolin

Eintritt frei für Männer

Roman

Bibliografische Information Der Deutschen Bibliothek:
Die Deutsche Bibliothek verzeichnet diese Publikation in der Deutschen
Nationalbibliografie; detaillierte bibliografische Daten sind im Internet
http://dnb.ddb.de abrufbar

2008 Pauerstoff Verlag
Rüdiger Schulze, Hamburg
www.pauerstoff.de

© Wolfgang A. Gogolin

ISBN 978-3-9810113-4-0
Herstellung: Books on Demand GmbH, Norderstedt

Schwarze Schrift auf strahlend weißem Grund kündete davon, welche Art von Literatur sich auf gut zwanzig Regalmetern tummelte: Frauenliteratur. „Man wird nicht als Frau geboren", „Das andere Geschlecht" und ein „Manifest zur Vernichtung der Männer" lauerten auf Käufer, vornehmlich allerdings auf Käuferinnen.

Tim Hansen verzog den Mund, denn mit solchen Büchern hatte ihn seine Mutter so regelmäßig gefüttert wie andere Eltern ihren Nachwuchs mit Cornflakes. Eine konzentriert die Fingernägel betrachtende Buchhändlerin beäugte kurz den einzigen Interessenten ihres sensiblen Kundenbereichs, nahm Witterung zum Inhaber des falschen Chromosoms auf. Ein Mann! Sie hüstelte.

Tim suchte. Er suchte ein Buch für sich selbst. Keinen Liebesroman, keinen Diätbetreuer und auch kein Frauenpowerbuch, sondern ein Männerbuch: „Das bevorzugte Geschlecht", damit war das weibliche gemeint, von Martin van Creveld sollte es sein. Schon beim Betreten des Ladens fühlte Tim sich irgendwie ... Er wusste auch nicht genau, wie, aber es hatte etwas mit Scheiße zu tun.

Er ging ein paar Mal hin und her: Die Buchhändlerin irritierte ihn, vielleicht hatte sie ihn schon als Gehtselten-in-Buchläden-Typ klassifiziert. Ohne eine Logik in der Sortierung der Bücher zu erkennen und um seine Unsicherheit zu überspielen, zog Tim schließlich mit dem Zeigefinger ein buntes Bändchen hervor. Es enthielt Tarotdeutungen speziell für starke Frauen. Er schob es wieder zurück. Wozu mochten starke Frauen einen Blick in die Karten der Zukunft brauchen?

Er schüttelte den Kopf, denn er hatte doch eine ganz normale Buchhandlung betreten und keinen Frauenbuchladen. Ein Männerbuch würde er hier nicht finden. Es gab auch nirgendwo ein Regal mit der Aufschrift „Männerliteratur". Daher kratzte er die Fragmente seines Selbstbewusstseins zusammen, unterbrach schließlich, sich entschuldigend, die fortgeschrittene Fingernagelinspektion der Verkäuferin und fragte nach dem Werk vom Creveld.

„Haben wir nicht!" antwortete ihr Mund, ohne auch nur einen Moment zu zögern. „Du patriarchalisches Männerschwein willst nur meinen Körper benutzen!" fauchten ihre Augen im gleichen Augenblick. Tim trat einen Schritt zurück. Sie setzte ihre dunkelrote Metallbrille zurecht und fuhr sich mit der Hand durchs kurz geschnittene Haar. Einem blauen Plastikschildchen an ihrem Pullover war zu entnehmen, dass hier Frau Rasmussen-Illermann bediente.

Warum eigentlich, überlegte Tim, arbeiten in so vielen Buchhandlungen richtig garstige Kampflesben? Waren die denn nicht anders unterzubringen? Es gab doch inzwischen überall gut bezahlte Jobs für Frauen, ob nun stark oder nicht, im öffentlichen Dienst und bei der Bundeswehr. Ganz einfach auf Frauenquote und ganz ohne Tarotkarten.

Erschrocken über die harsche Antwort zögerte Tim ein paar Sekunden, fragte aber doch nach, ob vielleicht eine Bestellung des Buchs möglich sei.

„Dieser Wälzer wird wohl vergriffen sein", erwiderten ihre schmalen Lippen und „Du personifizierte, penetrationswütige, alltägliche Männergewalt!" giftete ihr Blick. Dann schien gesunder Geschäftssinn über seit Jahrzehnten gefestigte Grundüberzeugungen zu siegen. Seufzend platschte sie auf ihren zerschlissenen Drehstuhl.

Computer schien es nicht zu geben, denn sie griff nach einem enorm dicken Buchkatalog, leckte am Mittelfinger und suchte ohne echtes Interesse in den hauchdünnen Seiten. Sie schob die Brille ein Stückchen nach unten, sah Tim über den Rand kurz an; zog die Mundwinkel tiefer, senkte den Blick; beschleckte erneut den Mittelfinger und blätterte mit dem Temperament einer Wanderdüne weiter. Frau Rasmussen-Illermann schien in Gedanken versunken und irgendetwas wie „Ich könnte glatt meinen Arsch verwetten" vor sich hin zu murmeln, aber so einen riesigen Wettgewinn hätte Tim im Leben nicht gewollt.

„Wir sind eigentlich eine seriöse Buchhandlung", sagte sie schließlich und bohrte sich mit dem Zeigefinger im Ohr, das offenbar stark juckte. Tim hätte sicher nicht einmal dann eine Chance bei ihr gehabt, wenn er zusätzlich ein Buch über weibliche emotionale Intelligenz und soziale Kompetenz oder über Väter als Täter geordert hätte. Er fühlte Schweißtröpfchen unter den Achseln hervorquellen, rang sich ein Lächeln ab und nickte zum Abschied.

Wieder sah er in ihre dunklen Augen. Sah, wie sie sich hinter der Brille grotesk vergrößerten, wie schließlich das Weiße verschwand. Sah, wie die Augen langsam das Gesicht, mit einem Mal die ganze Frau, dann beinahe explosionsartig auch alles andere bedeckten und aufsogen. Schwarze Schwärze, schwitzende Angst. Tim atmete schwer.

Keine seriöse Buchhändlerin saß mehr da, kein Finger steckte mehr im Ohr, keine mattweißen Bücherregale ächzten unter moderner Frauenliteratur, aber auch sonst gab es nichts zu sehen. Ein schlechter Traum. Wenn das schreckliche Monster im Buchladen doch wenigstens grässlich grün und vom Mars und männlich gewesen wäre. Er lag schnaufend auf dem Rücken und rubbelte die heißfeuchte Hand an einem Bettlaken trocken. Wieso überhaupt Bettlaken? Wann genau hatte er sich denn schlafen gelegt? Und wo? In der Armbeuge spürte er ein helles Stechen, das sofort nachließ, sobald er seine Hand still hielt. Also hielt er sie lieber still, während vor seinem geistigen Auge kleine Tarotkarten für starke Frauen in besonders träger Zeitlupe vorbeizogen. Eine der filigran gezeichneten Karten hieß ‚Tod' und zeigte ein Skelett im Ritterkostüm.

Die Fürchterlichkeit des Traums hatte sich, objektiv betrachtet, in Grenzen gehalten. Trotzdem fühlte Tim sich in diesem Moment wie ein im Finsteren hilfloses Kleinkind und dieses Gefühl war ganz real. Langsam fühlte er sich besser, spürte aber noch minutenlang seiner frisch abgeflauten Furcht nach. Dabei hatte die Buchfrau nicht einmal zur Schere gegriffen. Er nahm sich vor, bei nächster Gelegenheit in einem Traumdeutungslexikon nachzublättern. Aber voraussichtlich würde er nur zu lesen bekommen, dass der Kauf eines Buchs zukünftige Erfolge verspräche, weil man aus der Leseerfahrung lernen würde.

Ein gleichmäßig wiederkehrender Ton fand langsam den Weg in Tims Bewusstsein. Immer wieder piepte etwas. Am Bettende, das aus lackiertem Stahl zu bestehen schien und das ihm wie das ganze Bett unbekannt vorkam, deutete sich parallel zum Piepton ein winziges rotes Blinklicht an. Der Widerschein einer Diode. Rechts daneben spiegelte sich diffus ein grüner Lichtpunkt, blinkte aber nicht. Grün und rot. Wie die bunt gescheckten Schwänze von Guppys.

Rotes Piepen und grünes Licht. Immer und immer wieder. Rot. Grün. Vielleicht stand er in Wirklichkeit noch auf dem glänzenden Holzimitat-Fußboden des Buchladens herum und träumte jetzt bloß das Piepen und auch das Rot. Rot wie sein Puls. Es wäre viel hilfreicher, wenn innerhalb von Träumen links oben im Blickfeld ein kleines ‚T' dauerhaft eingeblendet würde, wie man das von Fernsehsendern kennt, dann könnte ein Traum sofort als solcher erkannt werden. Albträume könnte man richtig genießen, so wie teuer und aufwändig produzierte Gruselschocker. Praktisch wäre auch eine Taste für schnellen Vorlauf.

Plötzlich überall ein grelles, fast weißes Licht. Tim kniff die Augen zu, wollte sie schnell mit der Hand abdecken, aber das schon bekannte höllische Stechen im Arm hielt ihn davon ab.

„Guten Morgen, die Sonne lacht und nach dem Frühstück geht's nach Hause!", verkündete eine betörend weibliche Stimme, den Piepton mühelos in den Hintergrund drängend. Nach Hause?

Tim sah vor dem geistigen Auge seine tote Mutter in der Badewanne liegen. Er hatte damals die als Fürsorge getarnte Bevormundung einfach nicht mehr ertragen und am Ende war das mütterliche Schicksal durch eine vergleichsweise harmlose Bemerkung besiegelt gewesen. Ihre Haare schwammen in seiner Erinnerung noch auf der aufgewühlten Wasseroberfläche hin und her und er bereute nur, erst so spät gehandelt zu haben.

Er sah ein schwerbehindertes, getötetes Kind, *sein* mit einem Kissen ersticktes Kind auf einem hellblauen Deckchen liegen und spürte einigermaßen hilflos genau die gleiche Verzweiflung, die ihn damals zum Täter werden ließ und kurze Zeit später für Jahre ins Gefängnis brachte. Ein lebenslanges Dasein und Vegetieren als Krüppel hatte er seinem Sohn nicht zumuten wollen und, wie der Staatsanwalt es donnernd formulierte, einfach Gott gespielt. Zwar war ihm bewusst, dass er damals in erster Linie wegen seines Geschlechts so hart bestraft worden war, denn den für mordende Mütter üblichen Strafrabatt wegen Überforderung oder psychischer Notsituation hatte er nicht bekommen. Aber aus irgendeinem Grund, vielleicht auch aus einer momentanen Stimmung heraus, mit einem hübschen Mädchen im Blick, haderte er nicht mehr mit seinem Schicksal. Er konnte sich die Welt ohnehin nicht so backen wie er sie gerne hätte.

Ein wahres Engelsgesicht strahlte ihn an, umrahmt von einer hellblonden Mähne. Mit vollen roten Herzlippen, Stupsnase und einem Grübchen rechts. Ein Gesicht, das er bestimmt schon Hunderte Male gesehen hatte und das er doch überhaupt nicht kannte.

„Ich heiße Jennifer", sagte der lächelnde rote Mund und bildete einen eigenartigen Kontrast zu Jennifers grünem Kittel. „Wir sind hier im Hamburger Josefhilf-Krankenhaus."

„Und ich bin Tim, Schwester", antwortete Tim, auch wenn sie das sicher aus der Krankenakte wusste. Er konnte nur flüstern, fühlte sich am ganzen Körper verklebt und gelähmt. Wie in einem entsetzlich zähen Traum, der das Entkommen des ängstlichen Träumers aus den Klauen des grausam grinsenden Killers trotz übermenschlicher Anstrengung verhindert. Jennifer schien seine Worte genau gehört zu haben.

„Nein, ich bin keine richtige Krankenschwester, dazu fehlen mir Ausbildung und Examen. Ich leiste hier nur mein zweites Jahr Zivildienst ab." Immer noch lächelnd entschwand sie aus seinem Blickfeld und riss die Vorhänge auf. Tim verzog die Augen zu einem Schlitz, er konnte den Kopf nicht einen Millimeter wenden. Dann erschien Jennifer wieder, tupfte ihm mit sanfter Hand die Stirn trocken und beantwortete seine unausgesprochene Frage.

„Diese Regelung existiert schon, seit Männerrechtler in die Parlamente eingezogen sind. Es war mit dem Gleichheitsgrundsatz nicht länger zu vereinbaren, dass junge Männer zur Bundeswehr *mussten*, Frauen aber dahin *durften* und sogar garantierte Führungspositionen auf Quote bekamen. Seitdem gibt es einen Pflichtdienst für alle. Allerdings arbeiten wir Mädchen mit zwei Jahren doppelt so lange wie die Männer. Das ist manchmal wirklich hart und anstrengend, aber letztlich nur gerecht, denn irgendwie muss die viel höhere weibliche Lebenserwartung ja ausgeglichen werden." Tim starrte sie sprachlos an. „Aus dem gleichen Grund", fuhr Jennifer fort, „gehen Männer im Durchschnitt drei Jahre früher in Rente. Ich bringe gleich noch die Tabletten, einen leicht gezuckerten Tee und den *Morgenkurier*." Weg war sie. Warum erzählte sie ihm das? Hatte er etwa wieder nur geträumt?

Ein wohlbekannter Piepton schlich sich in den Vordergrund, um zielstrebig jeden klaren Gedanken zu zerhacken. Eine Autofahrt durch düsteren Fichtenwald, Tim starrte auf dem Beifahrersitz nach vorn. Nebel, immer mehr dicker Nebel, er ahnte die kerzengeraden Bäume nur noch hinter den grauweißen Schwaden. Die Scheinwerfer durchdrangen die Watte kaum mehr, das Auto glitt langsamer und langsamer auf der gleichsam wegrutschenden Fahrbahn voran und trotzdem verschwanden Wald und Straße. Es gab nur einschläfernd eintöniges Dieselbrummen und sonst nichts, absolut nichts, woran sich die Augen festklammern konnten. Bilder von einem hübschen Mädchen entstanden in seinem Kopf, lockende Lippen, einladende Schenkel, makellose Haut. Keine anonyme Schönheit, er kannte sie genau.

Tim fühlte sich zwiespältig, unangenehm schwitzend und gleichzeitig angenehm frei, fast körperlos. Abgesehen von einem Muskelkater wie nach einem Marathonlauf ohne vorheriges Training, abgesehen von unregelmäßigen, aber heftigsten Muskelzuckungen irgendwo tief unten in den Beinen und Füßen.

Plötzlich überfiel ihn eine plastische Erinnerung an den täglichen, halbstündigen Knastrundgang im grauen, kiesbedeckten Innenhof, der an jedem Tag stattfand, auch bei Hagel und Sturm. Erinnerung an den übermächtigen albanischen Paten dort, dem Tim das Nasenbein mit einem einzigen Schlag zertrümmert hatte, ohne eine Sekunde darüber nachzudenken, ob er eine realistische Chance haben würde, die Antwort zu überleben. Wie lange mochte die blutige Prügelei schon zurückliegen? Immerhin war er tatsächlich am Leben geblieben. Wenigstens schien es im Moment so.

„Halbschwester" Jennifer stellte mit geübter Hand Tablettenschälchen und Teetasse ab, legte die versprochene Zeitung aufs Bett, schenkte ihm ein Augenzwinkern und lief wieder aus dem Zimmer. Tim lächelte noch zwei Minuten lang unbeweglich zu ihr zurück. Oder zehn Minuten lang. Er wusste es nicht und es interessierte ihn auch nicht. Was bedeutete denn schon Zeit? Der Tee schien kalt zu sein, weder war Dampf zu sehen noch erfüllte Teeduft den Raum. Vermutlich eine billige Beutelmischung.

Er warf einen Blick auf die Titelseite des *Morgenkurier*. Bestimmt auch zwei oder zehn Minuten lang. Das Layout und die Farben sahen viel moderner und schwungvoller aus als in seiner Erinnerung. Nur mühsam gewöhnte er sich an die serifenlose, kalte Schrift. Das Datum sollte, wie bei allen Zeitungen üblich, oben rechts neben dem

Preis und dem Barcode aufgedruckt sein, er fand aber nichts. Vielleicht war Zeit wirklich egal. Tim stierte an die Zimmerdecke. Dann auf den kalten Tee, bevor er sich wieder der Zeitung widmete.

„Milde Urteile im Verstümmelungsprozess", lautete eine fette Überschrift. „Sierra Leone. Jeweils fünfzehn Jahre Haft für acht skrupellose Beschneiderinnen, die in mehreren hundert Fällen junge Mädchen ohne Betäubung pharaonisch beschnitten haben", hieß es weiter. Offenbar herrschte noch immer die weibliche Sitte, nachwachsende junge Konkurrenz wegzuschneiden aus purer Angst, diese könnte sonst die männliche Lust an weiblicher Lust befriedigen. Die verantwortlichen Mütter und Großmütter, die ihre Töchter bei der Prozedur festgehalten hatten, sollten nur jeweils fünfundzwanzig Peitschenhiebe erhalten. Tränenreich vorgetragene Beteuerungen, ein scheußliches und außerdem allgegenwärtiges Patriarchat hätte diese Verbrechen erzwungen, hatte das Gericht als durchsichtige Schutzbehauptung zurückgewiesen: Schließlich würde kein gesunder Mann eine beschnittene Frau ohne Spaß am Sex in seinem Bett oder gar als Gattin haben wollen.

Tim, verwundert über einen derartigen Gerichtsbericht aus Sierra Leone, fühlte sich zu kraftlos für so komplizierte Texte, stieß einen Seufzer aus und ließ die Zeitung sinken. Patriarchat. Was für ein schönes Wort.

Er stierte wieder nach oben. Nach einer Viertelstunde wurde ihm das zu langweilig und er las weiter. Das spanische Verfassungsgericht hatte Gesetze aus dem Jahr 2008 aufgehoben, nach denen Männer für das Prügeln in Beziehungen doppelt so harte Strafen bekamen wie gewalttätige Frauen. In Berlin waren die Hinweise auf Lesben am Schwulendenkmal entfernt worden, denn im

Gegensatz zu Männern waren weibliche Homosexuelle im dritten Reich nicht verfolgt oder gar ermordet worden.

Dreieckige, scharfkantige Splitter eines blinden Spiegels bohrten gnadenlos in seinem Schädel herum und machten Hitze und Durst noch unerträglicher. Er bemerkte ein holzgerahmtes Poster an der Wand. Es zeigte eine junge Frau. Eine sehr junge Frau posierte blondgelockt, braungebrannt und barbusig auf einem ledernen Cocktailsessel, ihr enger schwarzer Rock, zufällig hochgerutscht, lenkte den Blick auf unglaublich lange Beine. Ähnlichkeit mit Jennifer war unverkennbar, auch wenn er die leider nur zugeknöpft im grünen Kittel kannte.

Was sich allerdings sofort ändern sollte, denn die Tür sprang auf und Jennifer kam wieder hereingelaufen. Sie schloss zu seinem Erstaunen hinter sich ab, kam lächelnd näher, noch näher und beugte sich über ihn. Ein sanfter, aber fordernder Kuss. Tim war angenehm überrascht. Bei seinen Freundinnen früher war er immer derjenige gewesen, von dem jede Zärtlichkeits-Initiative ausging und gefälligst auch auszugehen hatte. Dabei wäre er gern einmal ein richtig wehrloses, passives Opfer weiblicher Begierden gewesen. Sein Blick fiel auf Jennifers kleines, knackiges Hinterteil, das sich unter dem eng geschnittenen Kittel andeutungsweise abzeichnete.

Er befand, dass dieses schöne Stück als Wettgewinn mit Sicherheit wesentlich interessanter sein würde als der von Frau Rasmussen-Illermann angebotene Arsch im Buchladen. Tim spürte in diesem Augenblick deutlich, dass er immerhin unterhalb der Gürtellinie ein völlig gesunder Mann geblieben war. Jennifer schien das ebenfalls zu vermuten. Sie griff unter die Bettdecke, fand sein bestes Stück und stieß einen Gluckser aus. Liebkoste es zärtlich mit den Lippen und ausführlich mit der Zunge.

Ihre Haare fielen währenddessen nach vorn und kitzelten mit ihren Spitzen seinen Bauch, sodass der ein bisschen zuckte. Die Reflexe taten Tims Erregung jedoch keinen Abbruch, eher im Gegenteil. Jennifers grüner Kittel flog in die Ecke, der winzige Seidenslip samt Spitzen-BH hinterher und Tim stockte der Atem. Sie zerrte die Bettdecke zur Seite, setzte sich auf ihn, wie man sich auf ein Herrenfahrrad schwingt und nahm sich ungestüm, was sie wollte.

„Und das Vorspiel?" fragte er.

„Später!" flüsterte sie heiser und ließ ihm keine Zeit für weitere Fragen. Aber später, da war sie nicht mehr da und er wachte ganz allein auf. Mit einem glühenden Schädel und unendlich müde. Worin genau unterschieden sich Traum und Wirklichkeit? Dass Frauen nur im Traum kein ausführliches Vorspiel wollten?

Die endlose Fahrt durch den düsteren Fichtenwald, Tim saß wieder auf dem Beifahrersitz. Nebel, immer mehr Nebel, er sah die Bäume nur noch als impressionistische Andeutung hinter den grauen Schwaden.

Ein einziger, winziger Spiegelsplitter im Kopf gab plötzlich seine Blindheit auf. Hafturlaub. Er hatte ihn genehmigt bekommen, weil er sich gut geführt hatte, was immer ‚gute Führung' im Knast bedeuten mochte. Ein paar Stunden unbeaufsichtigte Freiheit mit Genehmigungszettel, um sich auf ein irgendwann selbstständiges Leben ohne Genehmigungszettel und ohne Gefängnismauern vorzubereiten. Es war ein nieseliger Mittwochnachmittag, ein langweiliger. Tim wollte eine Lesung besuchen. Über solche Veranstaltungen wurde im Zwei-Wochen-Takt am schwarzen Brett informiert und er hatte sich gegen Günter Grass entschieden.

Vor der verschlossenen Eingangstür zum evangelischen Gemeindesaal fror er wie ein Rohrspatz. Zugesperrte Türen frustrierten ihn mittlerweile. Einer der hoffnungsvollen Literaten wartete auch schon und versuchte angestrengt, gelassen und würdevoll zu wirken. Der Nieselregen bemühte sich, den sandfarbenen Stoffmantel des Herrn wie einen verdreckten Kartoffelsack aussehen zu lassen und war damit viel erfolgreicher.

Endlich eingelassen, setzte Tim sich weit hinten, mit dem Rücken zur Wand, an einen der locker im Raum hingestreuten, mattschwarz lackierten Vierertische. Auf jedem Tisch leuchtete ein Teelicht in einem durchsichtigen Glasschälchen, das mitten auf einer blassgelben oder grünen Serviette stand. Tims Serviette zierte ein dicker Weihnachtsmann, umgeben von roten Sternen. Ein hellbrauner, mit Salzstangen gefüllter Campingtrinkbecher aus Plastik lud zum Knabbern ein. Tim griff sich eine Stange, spielte damit zwischen den Fingern herum und biss ein Stückchen ab. Salzig.

Schüler der Klasse 7b hatten im Kunstunterricht Leuchttürme getuscht, bestimmt dreißig bunte Bilder auf schwarzem Papp-Passepartout klebten mit gelblichen Tesafilmstreifen an den seitlichen Wänden. Julia hatte einen rotweißen Leuchtturm gemalt, Lukas einen Turm ganz in schwarz, mit zwei grauen Fenstern. Der Hintergrund war auf allen Werken blau.

Die Lesung begann mit einer ohrenbetäubenden Darbietung zur akustischen Gitarre. Das hatte Tim befürchtet, denn schon auf der plakatierten Ankündigung hatte es warnend geheißen „zwischendurch und immer wieder – erklingen Lieder". Eine knapp sechzigjährige, langhaarige Flower-Power-Frau in blümchenlastigem Hippielook gab – mit kraftvollem Fußstampfen begleitete –

Country-Versionen von „Smoke On The Water" und „Satisfaction" zum Besten. Dann trat der Autor im nassen Mantel nach vorn. Seine Augen blickten gehetzt zu Tim, dann schnell zur Gitarristin, zum Fenster hinaus, auf ein Leuchtturmbild links, wieder zu Tim.

„Auch Goethe", hob er schließlich an, habe „einmal zu schreiben" angefangen. Er sah verwundert auf sein gelbliches, bleistiftbeschmiertes Manuskript. Drehte es herum. Stotterte. Biss sich auf die Unterlippe. Beteuerte, „es heute schaffen" zu wollen. „Schiller ohne Fahrkarte", brachte er mühsam hervor und „nach dem Krieg war es wirklich nicht leicht". Betretener Beifall. Tim klatschte mechanisch und geräuschlos mit. Der Mann tat ihm leid. Vermutlich hatte er auch einmal eine Mutter gehabt; so eine Belastung in der Biografie blieb selten ohne ernste psychische Defekte. Andererseits, überlegte er, konnte nun wirklich nicht jedem Mann angeraten werden, anlässlich eigener Seelenhygiene seine Mutter umzubringen; das war ja auch verboten.

Die langhaarige Musikantin wartete jetzt mit lautem Gesang auf, der diesmal keinen Text, sondern nur willkürlich und spontan zusammengesetzte Silben enthielt und Tim stark an therapeutisches Singen erinnerte. Es folgte ein wie von der Internet-Übersetzungsmaschine Babelfish geschriebenes Stück Prosa zum Thema „Dessouspartys", unterbrochen von Fragen des Stoffmantel-Literaten, ob er selbst nicht einmal bei einer solchen Veranstaltung zugucken könne und wie man denn an die Adressen komme. Aber die Mädels hätten das vielleicht gar nicht so gern.

Tim schwor sich, niemals ein schmutziger alter Mann werden zu wollen und fand jetzt, dass der Kerl eine eigene Mutter durchaus verdient habe. Eine, die ihm auch noch als Erwachsenem in aller Öffentlichkeit das Rotznäschen putzt und die Tränchen wegküsst und alles wird wieder fein.

In der Pause kaufte Tim eine Cola und entdeckte im Vorflur einen Bücherschrank aus Nussbaum. Der war zwar dicht bestückt, enthielt aber nur Buchclubausgaben längst vergessener Bestseller von Hildegard Knef und Johannes Mario Simmel, eine veraltete Zivilprozessordnung sowie ein paar Jerry-Cotton-Taschenbücher mit angenagten Buchrücken. Drei Angelique-Bände waren ebenfalls im Angebot, das heute aber offenbar niemanden interessierte.

Dann ging es weiter im Programm, Lyrik wurde noch geboten. Eine späte Maria Schell trat auf. Mit einem Tonfall, als müsste sie erwachsenen Heringen einige grundlegende, aber höchst unangenehme Dinge über die Ostsee erklären, ließ sie wissen, dass sie in dieser Welt eigentlich niemals mehr habe etwas zu Papier bringen wollen, es sei aber gerade Frühling und sie sehe nach vielen Erfahrungen mit ihren undankbaren Kindern auch die dunkle Seite:

„Die Narzissen und der Jägerzaun und der weggeworfene Flachmann und die Bushaltestelle und die Gräber und das Patriarchat und die Liebe und der Herr."

Warum nur hatten die undankbaren Kinder ihre Mutter nicht einfach rechtzeitig kaltgemacht? Inzwischen hätten sie ihre fünfzehn Jahre dafür schon locker abgesessen und wären frei, in jeder Hinsicht.

Immerhin war der Eintritt zur Lesung für Männer kostenlos gewesen. Diese Veranstaltung – vielleicht ein exaktes Abbild seines eigenen Daseins? Es bestand aus zusammengestotterten Stücken, aus schrägen Tönen, aus

Textbausteinen ohne echte Bedeutung, aus gelegentlich aufkommender Lüsternheit und manchmal auch aus wildem Aufstampfen. Vielleicht empfanden die anderen Menschen ihr Leben ebenfalls nur als Bruchstück, als kahlen Ast ohne Verbindung zum Baum, als versehentlichen Schnappschuss ins Leere, als halben Rohrschachklecks. Aber fragen mochte Tim niemanden danach, er wollte am Ende nicht als der einzige Normale dastehen.

Jennifer. Da war sie endlich wieder.

Eine einwandfrei angezogene, bis oben hin zugeknöpfte und völlig unzerzauste Jennifer stand neben einem weißbekittelten Herrn, der eine Akte in den Händen hielt, darin blätterte und las. Die beiden wirkten tatsächlich wie echte Krankenhausangestellte, fast so überzeugend und adrett wie solche in den amerikanischen Klinikserien. Bestimmt bekäme er gleich vom kompetenten Arzt mit sanftem Tremolo in der Stimme zu hören, dass es nur einen kleinen Pieks geben und dass sich dann bald alles zum Guten wenden würde. Ein paar Tage zur Beobachtung noch, nur vorsichtshalber, und er wäre wieder ganz gesund.

Aber selbst, wenn der übliche Text nicht gleich kommen sollte, war Tim froh, die beiden zu sehen, denn sie trugen kein grobes Werkzeug in den Händen und sie sahen auch nicht so aus, als wollten sie ihn jetzt obduzieren. Woraus Tim schloss, dass er wohl nicht tot war.

Der grauhaarige Doktor gab nuschelnd kryptische Anweisungen, die lateinische Ausdrücke enthielten, schüttelte wiederholt bedächtig mit dem Kopf, wies mit dem Zeigefinger auf etwas hinter dem Bett. Von dort schien das Piepen zu kommen. Murmelte dann etwas Unverständliches von einem „Syndrom" und von einer notwendigen „Stabilisierung der Hirnstammfunktionen".

Derart schwierige Ausdrücke hatte Tim noch niemals in einem Traum gehört, dementsprechend ordnete er seine Situation der Kategorie ‚Realität' zu. Und Realität schien zu sein, dass er im Wachkoma lag!

Jennifer deutete ein Kopfnicken an, machte ein besorgtes Gesicht, sah auf ihre Armbanduhr und ließ den Blick auf Tim ruhen. Was für ein Augenaufschlag! Der Patient war fasziniert von so viel Anmut, der wie für Männerhände gemachten Figur und den sehr weichen, weiblichen Bewegungen.

Unwillkürlich fragte er sich, weshalb dagegen Verkäuferinnen im Bioladen immer aussahen wie Verkäuferinnen in einem Bioladen. Naturbelassen, als würden sie immerzu mit Händen und Gesicht glückliche Kartoffeln, Radieschen und Gurken ernten und ihre Haare zweiwöchentlich seifenfrei waschen. Bei Tims letztem Besuch in einem Bioladen war die ökologische Vollmilch mit natürlichem Fettgehalt ausverkauft.

„Das macht überhaupt nichts", kommentierte er damals arglos, „dann gehe ich gleich noch zum EDEKA-Laden, die haben sicher noch welche."

„Aber doch nur *konventionelle*!" war die angewiderte Antwort gewesen. Nur konventionelle – noch mehr Empörung und Abscheu hätte man in diese beiden unschuldigen Wörter kaum legen können. Es war, als klage sie alle Kindermörder dieser Welt und alle Schrecken des Dritten Reiches gleichzeitig an. Da fühlte Tim sich trotz Gnade der späten Geburt furchtbar schuldig und hätte am liebsten sofort persönlich eine glückliche Kuh gemolken.

„Kalzium aus Milch soll ja gut für die Knochen sein", murmelte er verlegen und letztlich nur, um überhaupt etwas zu sagen.

„Da gibt es jetzt etwas völlig Neues und doch Alt-bewährtes", strahlte die Verkäuferin, „besonders viel Kalzium enthält nämlich Braunhirse!"

„Hört sich toll an", erwiderte er schwach.

„Ist es auch! Braunhirse enthält in homöopathischen Dosen zusätzlich Silizium, Magnesium und Eisen", erklärte sie und drückte ihm eine Pfundpackung des braunen Mehls in die Hand. „Braunhirse kann sogar das verbreitete Problem bestehender schlackenartiger Mineralstoffstauungen rückgängig machen. Einfach zwei Teelöffel davon übers Müsli streuen!"

Tim hasste bestehende schlackenartige Mineralstoffstauungen und Müsli, besonders Müsli mit Nüssen oder gar mit Hirsemehl, schwieg aber dazu. Er hatte schon genug Falsches gesagt. Auf der durchsichtigen Mehlpackung war von der „äußersten Sorgfalt und Hingabe" die Rede, mit der dieses „vollwertige Produkt aus natürlichen Ressourcen" erzeugt worden sei. Die „energetisch vermahlene Wildform der Braunhirse" habe man zudem mit „Biophotonen-Energie vitalisiert".

„Moment", wandte er schließlich doch noch ein, „laut Aufdruck enthalten hundert Gramm Mehl fünfhundertfünfzig Milligramm Silizium – das ist erheblich mehr als eine homöopathische Dosis!"

„Um so besser! Je mehr drin ist, desto wertvoller und homöopathischer!"

Irgendwie hatte Tim das Prinzip der Homöopathie anders in Erinnerung. Aber vermutlich kannte er von seinem alternativ angehauchten Knastarzt nur die *konventionelle* Version. An den gutmütigen Weißkittel hatte er eine plastische Erinnerung. Der Doktor hatte ihm oft mit brennendem Herzen über die zweihundertjährige Geschichte und die immensen Erfolge des „ganzheitlichen Ansatzes" berichtet. So seien beispielsweise Ratten mit Arsen vergiftet worden und hätten danach eine Arsenlösung einnehmen müssen, die so stark verdünnt war, dass sie gar kein Arsen mehr enthielt. Folge sei eine „statistisch hoch signifikante Verbesserung der Arsensekretion in Stuhl und Urin und eine Senkung des Arsenspiegels im Blut der Ratten" gewesen. Tim wollte kein Arsen, auch kein verdünntes, er hatte damals unter gelegentlicher Platzangst gelitten – bei Gefängnisinsassen keine Seltenheit. Aber der Herr Doktor war entschlossen gewesen, die Ursachen dafür „kinesiologisch" auszupendeln und vielleicht gar „Disharmonien und Blockaden mittels Bachblüten" zu beseitigen. Stolz, mit einer ordentlichen Spur Pathos, wurde Tim berichtet, wie vielen todunglücklichen Frauen mit unerfülltem Kinderwunsch man schon nach kurzer Zeit hätte helfen können.

„Also wirklich", hatte Tim gegrinst, „um vielen Frauen einen Kinderwunsch zu erfüllen, benötige selbst ich nur eine vergleichsweise kurze Zeitspanne und eine beinahe homöopathisch zu nennende Dosis." Am Ende bekam er unter Hinweis auf eine mögliche Erstverschlimmerung eine Ampulle Belladonna C 30 verabreicht. Auf Deutsch: In der durchsichtigen Brühe war kein einziges Tollkirschenatom mehr enthalten. Wenigstens müsste er so kein Übers-Ufer-Treten seines kosmischen Energieflusses befürchten. Die Besserung der Platzangst blieb allerdings auch aus.

Jennifer und der Doktor standen immer noch etwas unschlüssig herum. Tim kam es vor, als würden sie ernstlich erwägen, ihn wie einen altersschwachen Goldhamster einzuschläfern, um ihm weiteres Leid zu ersparen. Sollte sein Leben denn bloß eine angefangene Geschichte bleiben, bei der es nicht zur Pointe kam?

Ihn überkam Heißhunger auf eine dicke, herzhafte Currywurst. Auf eine so richtig knusprig gegrillte, salzige und ein bisschen fettig glänzende Wurst mit einer höllenscharfen, leicht dickflüssigen Tomatensauce darüber. Tim floß das Wasser im Mund zusammen. Er sah die in grobe Stücke geschnittene Wurst förmlich vor sich. Dabei war er kein Freund von Currywurst oder Fast Food. Vermutlich verursachte die salzarme Krankenhausnahrung – welche Nahrung eigentlich? – solche Gelüste.

Der Doktor seufzte jetzt vernehmlich, schüttelte wieder den Kopf. Wie jemand den Kopf schüttelt, der all sein hart erarbeitetes Geld auf einen großen Boxkämpfer gewettet hat, jener sich aber schon in der zweiten Runde ohne große Gegenwehr auf die Bretter schicken lässt und liegen bleibt. Dann klemmte er die Akte unter den Arm, nuschelte noch etwas Unverständliches, wandte sich ab und verließ das Zimmer.

Unerfüllter Kinderwunsch, durchzuckte es Tim. Was, wenn Jennifer nach der kurzen Nummer vorhin schwanger wäre?

„Keine Angst", sie lachte auf, als hätte sie seine Befürchtung gehört, „diese unsicheren Zeiten sind doch schon lange vorbei. Es gibt seit Jahren keine Vaterschaftsfeststellungen und auch keine Unterhaltspflichten mehr."

„Und was gibt es stattdessen? Jemand muss doch die Kinder ernähren?"

„Sicher muss das jemand. Es wird auch niemandem verboten, Unterhalt zu zahlen und für seinen Nachwuchs zu sorgen. Aber das geschieht eben auf freiwilliger Basis." Sie hob seinen Kopf an, klopfte ein paar Mal kräftig auf das Kissen und legte ihn zurück. „Wenn der Vater zu seinem Kind stehen will und wenn er außerdem die Mutter weiterhin nett findet, wird er die beiden wohl gerne von sich aus unterstützen. Wenn er es aber nicht möchte, kann er das Kind, genau wie früher nur die Mutter, zur Adoption freigeben und muss sich nicht weiter kümmern. Der Staat zahlt dann eine kleine Unterstützung."

„Einfach so? Das funktioniert tatsächlich?"

„Manche Frauen litten schon unter Anlaufschwierigkeiten", antwortete Jennifer, „denn früher hatten ledige Mütter ganz allein die freie Wahl: ob sie ihr Kind austragen, abtreiben, zur Adoption freigeben oder in die Babyklappe werfen wollten. Männer konnten damals überhaupt nicht eingreifen. Sie mussten mit der einsamen Entscheidung leben, in welche Richtung die auch ausfiel. Aber vielen Vätern gefiel es überhaupt nicht, dass ihr Kind abgetrieben wurde."

Jennifer machte eine Pause, strich sich eine Haarsträhne aus der Stirn und rieb sich das Näschen.

„Noch mehr Männer wollten weder für das Kind noch für die Mutter Unterhaltszahlungen leisten. Nach jahrelangen Diskussionen stand dann irgendwann fest, dass derjenige, der die letzte Entscheidung über den Nachwuchs trifft, auch die Verantwortung tragen soll und die finanziellen Folgen zu übernehmen hat – eben die Frau. Das alte Regelwerk mit Männern, die sich als Zahlesel fühlten, führte doch nur dazu, dass es kaum noch Kinder und Ehen gab. Stichwort Zeugungsstreik."

„Ich fasse es nicht!", brachte Tim hervor. Er erinnerte sich noch lebhaft an andere Zeiten. Damals gehörte es zum guten Ton, dass junge Mütter eine Liste mit einem halben Dutzend möglicher Väter beim Jugendamt abgaben. Der tatsächliche Vater, sofern er überhaupt auf der Liste stand, hatte dann sämtliche Tests und natürlich Unterhalt zu bezahlen. In die Babyklappe durfte er als Mann das Kind nicht werfen. Auch nicht einfach zur Adoption freigeben. Vielmehr unterlag er einer, wie es im Amtsdeutsch hieß, erhöhten Erwerbsobliegenheit. Er musste also einen Nebenjob als Prospektverteiler für Pizzadienste oder nachts als Wachmann annehmen, wenn sein normaler Verdienst für Mutter und Kind nicht ausreichte.

„Die Leute bekommen jetzt wieder viel mehr Babys und es wird auch öfter geheiratet", fuhr Jennifer fort. „Frauen haben recht schnell gemerkt, dass Männer eigentlich gern bei ihnen und den Kindern bleiben. Im Grunde leben wir jetzt ein einfaches Prinzip der Freiwilligkeit: Frauen dürfen Frauen sein – Männer dürfen Männer sein."

„Ich fasse es nicht!", wiederholte Tim, der sich lebhaft an die Kinder-sind-Frauenfallen-Litanei von Simone de Beauvoir, die ihm seine Lehrerin im Deutschunterricht vorgekaut hatte, erinnerte.

„Und ich möchte gern eine richtige Frau sein, aber jetzt noch keine Kinder haben." Sie lächelte, berührte kurz seinen Arm und war wie abgeschaltet aus seinem Blickfeld verschwunden.

Tim warf einen sehr langen Blick auf das hübsche Wandposter-Mädchen, einen kurzen auf den *Morgenkurier*, griff sich dann doch die Bibel aus dem Kaltmetall-Nachtschränkchen. Und fragte sich, ob er sie tatsächlich in die Hand nahm oder ob ihm bloß sein krankes Gehirn ein Trugbild vorgaukelte. Seit wann lagen in Krankenhäusern Bibeln? War ein Mensch im Wachkoma überhaupt in der Lage, etwas zu lesen? Einerlei, christliche Erbauung konnte niemandem schaden, er könnte einen Test machen und nochmal nachblättern, wenn er wieder richtig wach und gesund wäre.

„Wenn ein Mann bei einem Manne liegt, wie man bei einer Frau liegt, so sind beide zu Tode zu bringen", stand an einer Stelle geschrieben. Tim glaubte, das wäre zu hart und nicht richtig. Allerdings, so viel musste er sich eingestehen, fand er Schwule ziemlich eklig. Das mochte an seiner Fantasie liegen, allein die Vorstellung sich küssender Männer stieß ihn ab und weiter wollte er sich gar nichts vorstellen. Aber aufklärerische Lesbenfilmchen hatte er früher ganz gern gesehen. In denen wurde auch niemals geheiratet. Nicht, dass er etwa größere Mengen derartiger Videos zu Hause im Schrank gehabt hätte. Höchstens zwei oder drei. Zu Dokumentationszwecken.

Eines dieser Werke hieß „*Scharfe Mutter – heiße Töchter*". Darstellerinnen waren zwei etwa achtzehnjährige Töchter, eine hellblond und eine schwarzhaarig, beide wohlgewachsen, sowie ihre knapp fünfundzwanzigjährige, rothaarige Mutter, ebenfalls mit knackiger Figur und einem viel schöneren Hintern gesegnet als Frau Rasmussen-Illermann im Buchladen. Die Mutter schien auch keinen Doppelnamen zu tragen. Viele Menschen befürchteten, dass es sich bei solchen Schauspielerinnen um osteuropäische Zwangsprostituierte handelte. Das glaubte Tim aber nicht, denn die Mädchen waren offensichtlich enge Freundinnen, gingen sehr nett miteinander um und schmusten die ganze Zeit. Sie halfen sich sogar gegenseitig beim Duschen. Einige Körperstellen, besonders die Brüste, schienen besonders schmutzig zu sein und auch immer wieder extrem schnell einzustauben. Viel Verständnis wurde der Mutter zuteil, einer armen Frau, die nur wenige, kaum wärmende Kleidungsstücke besaß und die unter stark ausgeprägter, behandlungsbedürftiger Nymphomanie litt. Oft musste sie von ihren fürsorglichen Töchtern ermahnt werden, sie möge doch bitte „nicht immer so geil" sein, aber die Ermahnungen fruchteten überhaupt nicht.

Was müssen das für arme, total frustrierte Würstchen sein, dachte Tim, die sich solche Filme kaufen und ansehen. Kriegen die denn keine richtige Frau ab? Allerdings — im Moment lief er selbst auch solo durchs Leben. Oder richtiger, er lag hier solo im Leben. Leben?

Gelegentliche Versuche, ein Mädchen übers Internet im „Dating-Café" kennen zu lernen, waren bisher gescheitert, denn die dortigen Damen erwiesen sich meistens als völlig humorlos. Eine „Claudia27" hatte ihm ausführlich per Mail berichtet, was ihr als Kassiererin im Supermarkt jeden Tag so alles passiert, wie unfreundlich die meisten Kunden seien. Dass sie sehr ungehalten über die marktschreierische Werbung für Lightprodukte sei, denn in Wirklichkeit würde keine einzige der teuren Diäten etwas taugen. „Wieso?", war Tims Nachfrage gewesen, „hast du schon alle Diäten ausprobiert und bist immer noch fett?" Aber Claudia27 meldete sich nicht mehr. Das war sehr schade, denn Tim hätte noch viele interessante Tipps für sie gehabt. Zum Beispiel über das weit verbreitete Problem bestehender schlackenartiger Mineralstoffstauungen und wie man die ganz einfach homöopathisch mit einem Pfund Braunhirse bekämpft.

Auf welchem Weg ließ sich feststellen, dass Erinnerungen echt waren und nicht bloß ein überzeugend dargebotenes Gehirngewitter? Ein Echtheitstest wäre praktisch. Zu seinem Verdruss konnte er niemanden fragen. Und selbst, wenn das möglich gewesen wäre, hätte vermutlich kaum jemand eine brauchbare Antwort geben können. Tim fühlte sich einsam in der Welt, allein im fehlerfrei funktionierenden Universum. Wie ein virenverseuchter Computer ohne Schnittstelle zur Peripherie, die sich außerdem wie selbstverständlich ins Nichts davonmachte. Längst vergangene Lebensfragmente voller Wut und

Unverständnis, die in Lichtjahren Entfernung kein Ganzes ergeben wollten und die doch eine schwarze Mauer bildeten, zogen vorbei. Zurückgefallen ins mutterlose und löchrige Selbst, mehr aus Löchern bestehend als aus Selbst.

Bei seinem letzten, rein zufälligen Spaziergang in der Nähe der Hamburger Davidwache an der Reeperbahn, er war schon vorbeigegangen an den Fachfrauen für Erziehung mit dem Rohrstock, begehrte eine nicht mehr taufrische Liebesdienerin zu wissen, ob sie nicht „etwas Schönes" zusammen machen wollten.

„Danke, ich hab' schon!" hatte Tim schnell geantwortet, was mit dem Hinweis quittiert wurde, er würde doch auch nicht nach einem einzigen Bier aufhören. Woher wusste sie das? Jedenfalls brach er die sich anbahnende Diskussion ab, weil fünf Meter weiter ein goldkettchenbehängter Riesenkerl mit verfassungsfeindlichen Symbolen auf den Oberarmen für seinen Geschmack eine Spur zu finster dreinblickte.

Die sündige Meile war sowieso nur noch ein schmuddeliges Prostitutionsmuseum für Touristen, die busweise herangekarrt wurden und die einfach gern dabei sein wollten, wenn es darum ging, plump geneppt worden zu sein und davon erzählen zu können. *Dass Frauen für Sex Geld nehmen, ist eher eine Rebellion gegen das Patriarchat, das Männer ja uneingeschränkten Zugang zu Sex sichern möchte*, hatte er irgendwo einmal gelesen, vielleicht in einem von Mutters Frauenbüchern.

Viele Gunstgewerblerinnen boten sich inzwischen aufreizend posierend via Internet an, in Portalen mit wohlklingenden Namen wie „Tor zur Lust". Wenn Tim diesen Seiten Glauben schenken durfte, musste halb Hamburg von lüsternen Schönheitsköniginnen und naturgeilen Liebesgöttinnen bewohnt sein. Seltsamerweise hatte Tim die Mädels noch niemals auf der Straße oder im Bus getroffen. Offenbar war die Nachfrage nach ihnen so hoch, dass sie gar nicht mehr aus den Betten kamen. „Vanessa, 29" behauptete beispielsweise, „eine schlanke junge Frau mit hübschen Brüsten und schier endlos langen Beinen" zu sein und versprach, ihre „sinnlichen Berührungen" würden den Besucher „in den 7. Himmel befördern", sie würde den „ganzen Körper küssen" und sich dabei „langsam zum Lustzentrum vorarbeiten", sodann würde „ein Feuerwerk der französischen Liebeskunst" zu erleben sein, von dem jeder Mann „bisher nur geträumt" hätte. Die Damen schienen zu vermuten, dass Männer vergleichsweise einfach funktionierten, denn die Angebote, insbesondere hinsichtlich des auf den sechsten folgenden Himmels und der Verwendung von Begriffen wie „Handentspannung" und „Fesselspiele", ähnelten sich doch sehr. „Jana" sah sich als „ausgesprochen sinnliche Frau. Mein schlanker Körper wird dich um den Verstand bringen und meine großen Brüste sehnen sich nach deinen Berührungen. Endlos lange Beine werden dich umschließen, wenn wir beide so richtig in Stimmung sind und dann beginnt unsere gemeinsame Reise in den 7. Himmel."

Persönlich hegte er die Hoffnung, dass die Beine doch irgendwo endeten und sah versonnen auf das einladende Fahrgestell der Posterschönheit an der Wand. Minutenlang.

Vorsichtig setzte er sich auf, das ging angesichts seines Zustands erstaunlich gut. Erst einmal Luft holen. Er schwang sich aus dem Bett und knallte auf den Fußboden. Blieb liegen und japste. Hörte langsam mit dem Japsen auf, blieb weiter liegen und sinnierte, wie viele blaue Flecken ihm der Sturz wohl eingebracht hatte. Am Bettpfosten hangelte er sich hoch und schaffte es schließlich schnaufend, sich auf einen Holzhocker zu hieven. So ein Hocker war schon eine segensreiche Erfindung, vermutlich ein Männer-Einfall. Nach fünf Minuten stand Tim zitternd auf, schleppte sich gekrümmt und mit verzerrtem Gesicht zum in der Wand eingelassenen Kleiderschrank und öffnete ihn. In der linken Tür hing ein Spiegel. Er sah einen pausbäckigen Mann um die dreißig, dunkelhaarig, mit vorgeschobenem Kinn und Drei-Tage-Bart. Hatte seine Mutter nicht immer gesagt, er hätte feingeschnittene Gesichtszüge?

Ein hellblaues „Merkblatt für Männergesundheit" klebte an der rechten Türinnenseite. Es empfahl, Depressionen als echte Krankheit ernst zu nehmen, da immer noch dreimal so viele depressive Männer den Freitod fanden wie Frauen. Hautkrebsvorsorge würde für Männer inzwischen ebenso wie für Frauen schon ab dem 30. Lebensjahr von den Krankenkassen bezahlt, nicht erst im Alter von 45 Jahren wie früher. Und das Merkblatt riet eindringlich zur Wahrnehmung einer „transrektalen Ultraschalluntersuchung" als Prostatakrebs-Früherkennung.

Tim zog die Stirn kraus. Transrektal. Männergesundheit. Als Mann ging man frühestens dann zum Arzt, wenn man sich krank fühlte, Punkt! Was für ein ödes und uninteressantes Thema. Frauen waren interessant! Leider nur nicht alle ganz so verständig und einfach zu handhaben wie Jennifer.

Während er sich an den Schrank lehnte, tat sich im Kopf etwas. Ein weiterer Spiegelsplitter klarte am Rand auf. Der Sturz aus dem Bett hatte also doch sein Gutes. Tim erinnerte sich an eine brünette Kneipenbekanntschaft, deren Vornamen er allerdings vergessen hatte. Mit ihr war er zum Jazzfestival in die Hamburger „Fabrik", einer alten, zum Kulturzentrum umgebauten Maschinenbau-Fertigungshalle unweit des Altonaer Bahnhofs, gefahren. Das dürre Mädchen hatte ein interessantes Gesicht gehabt, viele Sommersprossen auf einer hohen Stirn, eine große Nase und schmale Lippen, aber in der Nachschau erscheint die Vergangenheit oft viel rosiger als sie in Wirklichkeit wahrscheinlich gewesen ist. Tim wusste nicht einmal mehr, ob er damals gern oder nur aus Nettigkeit mit ihr geschlafen hätte. Vielleicht beides, als junger Mann mit Pausbacken konnte er nicht wählerisch sein.

Die Aufführung in der „Fabrik" erwies sich angesichts teurer Karten als bemerkenswertes Erlebnis in rauchge-schwängerter Atmosphäre. Sie hatten sich durch frühes Erscheinen gute Plätze gesichert und saßen nur fünf Meter vor der Bühne. Zunächst brandete Beifall auf, als nach den ersten Takten der Klassiker „'Take Five" zu erkennen war. Wenige Sekunden später variierte der dunkelhäutige Saxofonist das Take-Five-Thema vorsichtig, verließ es dann ganz und bot als Improvisation schräg quietschendes Getute. Unvermittelt wurde geklatscht, obwohl es keinen Anlass dafür gab.

Der feiste, überlegen lächelnde Pianist malträtierte hemmungslos den Flügel und bewies, dass er mit seinen zehn Fingern mindestens dreißig Tasten gleichzeitig betätigen konnte, ohne einen einzigen harmonischen Ton zu erzeugen. Parallel dazu simulierte der schwitzende Schlagzeuger einen epileptischen Anfall und drosch un-rhythmisch zuckend um sich. Tim versicherte seiner Begleitung hinterher, dass dieses Konzert wirklich recht nett gewesen sei, aber die vornamenlose weibliche Intuition spürte wohl, dass er mit „nett" den kleinen Bruder von „scheiße" gemeint hatte. Er sah sie niemals wieder und vermisste sie auch nicht. Vielleicht gab es das Mädchen auch nie und seine Erinnerung war nur Komakino.

Jedenfalls schienen die drei Frauen in „*Scharfe Mutter – heiße Töchter*" deutlich unkomplizierter zu sein. Dabei schätzte Tim Musik. Er hasste nur moderne Jazzimprovisationen, die sich in seinen Ohren noch schlimmer anhörten als Bachs Orgelgedröhn oder ein Kammerkonzert für professionelle Schlagbohrmaschinen.

Er war eben einfach kein Frauentyp. Früher hatte er geargwöhnt, dass sich die Damen an seinen Pausbacken stören würden und er nur deshalb nicht zum Partylöwen und Ladykiller avancierte. Aber vielleicht gab es doch andere Gründe. An Maria-Sophie hatte er sich in Husums Spitzengastronomie versucht, das feine Restaurant im Hotel „Altes Gymnasium" sollte es nach dem Vorschlag ihrer Mutter sein. Mit Maria-Sophie, schlank, dunkelhaarig und glutäugig, wenn auch immer von blasser Gesichtsfarbe und hochgeschlossen gekleidet, wäre er schon gern im Bett gelandet, und bestimmt nicht nur aus reiner Nettigkeit. Maria-Sophie drückte sich gewählt aus, essen hieß bei ihr speisen und Teures nannte sie hochpreisig.

Empfangen wurden sie im Restaurant von gedämpfter Fahrstuhlmusik, die niemandem weh tat, sondern den ganzen Raum mit Klimperklavier und Geigengesäusel bezuckerte. Geschulte Kellner rückten die schweren, sesselartigen Mahagonistühle auf dem dicken, dunkelbraunen Teppichboden zurecht und präsentierten eindrucksvoll übersichtliche Speisekarten. Die bestanden aus zwei handgeschriebenen Seiten und es gab auch nur zwei Hauptgerichte, entweder Fisch oder Fleisch.

Tim fühlte sich erschlagen von der Tischeindeckung: Unzählige Gläser standen in Reih und Glied, eine Unmenge an silbernem Besteck blitzte säuberlich angeordnet, kunstvoll gefaltete Stoffservietten harrten ihrer Entfaltung.

Der kurzhaar-gegelte Sommelier mit roter Krawatte und schwarzer Weste empfahl einen teuren, trockenen Rotwein. Tim verstand etwas wie „87er Chateau Margaux aus dem neuen Barrique" und bestellte die Empfehlung. Das hätte er lassen sollen, denn der teure Trunk schmeckte wie Essig mit Rote-Beete-Saft und Baumrindenextrakt. Maria-Sophie dagegen schwenkte das Glas, sog mit der Nase darüber den Duft ein und nahm erst dann einen kleinen Schluck. Ihr schien der Tropfen zu munden.

„Mineralisch und doch voll sanfter Fruchtigkeit", lobte sie und verzog keine Miene.

Entweder war sie solchen Wein gewohnt oder sie wollte sich keine Blöße geben. Tim hielt sich lieber ans Mineralwasser. Wenn es nachher Richtung Bett gehen sollte, wäre er vollkommen nüchtern und sie nicht, was die Sache vereinfachen könnte. Um kenntnisreich zu wirken und ein wenig Konversation zu machen, warf er die Frage auf, warum wohl die meisten Spitzenköche männlich seien. Maria-Sophies Antwort, das läge daran, dass die meisten Frauen zu Hause vollauf damit beschäftigt seien, für ihre Kinder und Männer zu kochen, ließ eine Unterhaltung aber nicht recht in Gang kommen.

Als Vorspeise gab es „Hummerkrabben aus dem Koriander-Ingwersud mit Sepia an Kaiserschotensalat". Davon hatte er noch nie gehört. War Sepia nicht wie Biomarkt-Braunhirse die Grundaustattung für Wellensittichkäfige? Auf riesigen, weißen Tellern servierten beflissene Kellner die Leckerei, aber auf jedem Teller lagen nur zwei kümmerliche Häufchen davon. „Barbarieentenbrust mit gebratener Entenleber an Honig-Koriander-Sauce" hieß das Hauptgericht, immerhin doppelt so reichlich bemessen wie die Vorspeise. Vom Kitzeln des Geschmackssinns hatte Tim sich aber mehr versprochen. Vielleicht musste er sich an solche filigran komponierten Mahlzeiten erst gewöhnen, es war noch kein Gourmet vom Himmel gefallen. Schließlich trösteten ihn „Ricotta-Zuckercanelloni mit Clementinen in Lavendelhonigjus und geeistes Schokoladenpulver" als Nachtisch.

„Jetzt mal ganz im Ernst", hatte er zu der inzwischen leicht angeheiterten Maria-Sophie gesagt, „ein frisch-würziger Döner in der Türkenbude bei mir um die Ecke schmeckt echt um Klassen besser!" Mit dieser wohlge-setzten Äußerung war er als Meister im Fettnäpfchen-zielspringen bei ihr durchgefallen und brauchte sich um das Thema Bett keine Gedanken mehr zu machen. „*Wer die Wahrheit sagt, muss neun Döner essen*", lautete ein altes türkisches Sprichwort.

Das tatsächliche Dasein erwies sich als viel zu großer Teller mit einer viel zu kleinen Portion darauf.

Wadenkrämpfe und dazu diese mörderisch feuchte Hitze! Schweiß, immer mehr Schweiß, der entsetzlich juckte, von Stirn und Wange rann und dann mit voller Absicht besonders zögerlich vom Kinn tropfte. Tim nahm den dünnen Stoffbademantel aus dem Schrank, zog ihn über, knotete ihn zu, trottete weiter und öffnete geräuschlos die Zimmertür. Was würde ihn erwarten?

Er sah in einen zwanzig Meter langen, schmalen, nur schwach mit grünlich glimmenden Notleuchten erhellten Flur. Menschenleer. Und auch sonst leer, kein Tisch, kein Stuhl, kein Bild. Nicht einmal ein Feuerlöscher hing an der Wand. Und es war völlig still. Bedrohlich still. Als ob dort das Böse lauerte. Das Böse, das sich bewusst nicht zeigte, sich hinter leerer Harmlosigkeit verbarg, aber schon im nächsten Augenblick brutal und hinter-rücks zuschlagen wollte wie in einem Gruselfilm. Vielleicht war es doch keine so gute Idee gewesen, ohne Erlaubnis des Personals aus dem Bett zu steigen und hier herumzulaufen. Zögernd ging Tim hinaus, ließ seine Zimmertür halb offen stehen. Er sah nach oben. An der stuckverzierten Decke hingen vereinzelte Spinnweben, die durch das schwache Licht übertrieben dunkel und unheimlich wirkten. *Tim, reiß dich zusammen, du bis schließlich ein Kerl und kein kleines Mädchen!* Im Gegensatz zur Decke glänzte der Fußboden frisch gebohnert, die Notleuchten spiegelten sich. Rechts und links vom Gang gingen alle vier Meter weiß lackierte Türen ab. Jede trug ein behördlich aussehendes Schild mit der Aufschrift Desperado und eine Nummer. Tim blieb stehen. Schlurfte weiter und überlegte, ob es nicht doch klüger wäre, wieder umzukehren und sich ins Bett zu legen. Aber hinter einer der Türen hörte er Männerstimmen, die zu diskutieren schienen und gelegentlich auch laut auflachten. Er spürte, wie Anspannung und Angst langsam von ihm wichen. Am Ende des Ganges angekommen entdeckte Tim einen meterhohen Aufsteller aus gebürstetem Stahl, eine Art Notenständer mit einem großen Pappschild. Aufschrift:

Männerhaus *Desperado*

Zuflucht für

Männer, die Schutz vor psychischer und physischer Gewalt suchen
Männer, die von sexueller Gewalt betroffen sind
Männer, deren Kinder von der Partnerin misshandelt werden
Männer, die keinen Ausweg mehr für sich sehen

Aufnahme so lange, wie die Notwendigkeit dafür besteht
Auch ohne Geld können Sie zu uns kommen

Wie zum Teufel kam er in ein Männerhaus?

Tief in seiner Erinnerung kramend fiel ihm dazu nicht mehr ein als Obdachlosenasyl oder Gefängnis. Aber weder von innen noch von außen hatte er jemals ein echtes Männerhaus zu Gesicht bekommen, selbst das Fernsehen hatte nur kurz über eines berichtet. In Südtirol oder der Schweiz. Gab es in Deutschland nicht ausschließlich Frauenhäuser?

Er machte vorsichtig ein paar Schritte rückwärts, drückte die Klinke der ersten Tür herunter, öffnete sie einen Spalt breit und hielt inne: Der große Raum sah so aus, wie er sich eine alte New-Orleans-Kneipe vorstellte. Ein langer Tresen, viele Holztische, eine grellrote Wurlitzer-Musicbox, mattgoldene Deko-Saxofone und verglaste Plattencover vom jungen Fats Domino an den Wänden, rauchende, essende, trinkende, schwatzende Cowboys. Nein, keine Cowboys, nur ganz normale Männer. Er atmete aus und trat ein, ließ die Tür hinter sich zuklicken. Ein kräftiger Kerl in einem blaurot karierten Flanellhemd und Dreitagebart blickte hoch, entdeckte ihn und bat ihn winkend an den Tisch. Tim zögerte, denn der Mann hatte nicht nur ein paniertes Fischfilet mit Pommes rot-weiß vor der blaugeschlagenen Nase stehen, sondern entblößte beim Lächeln auch noch eine breite Lücke dort, wo eigentlich hätten Schneidezähne sitzen sollen. Aber Tims Neugier überwog. Er trat an den Tisch, zog einen Stuhl zurück, den dünnen Bademantel beiseite und setzte sich.

„Hallo, dich habe ich hier noch nie gesehen. Ich bin Maximilian!"

„Tim."

„Und, Tim, was verschlägt dich hierher?"

„Ja, also, um genau zu sein...", Tim zögerte. Maximilians Frage hatte er sich auch schon mehrfach gestellt, nur eine überzeugende Antwort war ihm nicht eingefallen. Denn alles ging schnell durcheinander und entbehrte eines logischen Aufbaus. Entweder spielte das Schicksal Malefitz-Brutal mit ihm, überschüttete ihn mit durcheinandergewürfelten Zufällen oder in seinem Kopf tickte etwas grundlegend falsch.

Maximilian schlug mit der rechten Faust auf den Tisch, sodass Teller und Besteck schepperten, und brüllte zur Theke.

„Birte-Schätzchen!" Eine knapp dreißigjährige, sehr blonde Matrone mit Bürstenhaarschnitt kam angewatschelt und blieb mit gesenktem Blick stehen. „Sag, Birte, liebst du denn deinen Job heute gar nicht?"

„Doch, natürlich, wieso, was ist denn?"

„Dann zupf' mir mal zackig die Gräten aus dem Fisch hier, sonst kannst du ihn nämlich alleine essen!"

„Entschuldigung", murmelte sie, grapschte sich den Teller und tapste davon.

„Wir haben aber auch ein ausgesprochenes Pech mit dem Personal", seufzte Maximilian und warf ihr einen missmutigen Blick hinterher.

„Sie ist doch freundlich und macht ihre Arbeit", widersprach Tim und überlegte, ebenfalls Fischfilet ohne Gräten zu bestellen. Aus Geselligkeit, denn Hunger hatte er nicht.

„Du hast bisher nicht viel von der Welt mitbekommen, was?"

„Ich verstehe nicht recht ... aber ich bin tatsächlich schon längere Zeit außer Gefecht."

Maximilan lehnte sich zurück, verschränkte die Arme hinter dem Kopf und lächelte.

„Oh, ich erkläre es dir gern, ich habe jetzt ja sowieso nichts zu essen. Also, nach dem politischen Umschwung mit der Männerpartei gab es ein großes Stühlerücken in allen Behörden und Ämtern. Denn das gewaltige und teure Heer der Quotenfrauen und Frauenbeauftragten wurde endlich gefeuert – logisch! Mit solchen Sachen wie Professorenstellen extra für Frauen war Schluss, mit der sogenannten Genderforschung auch. Diese ganzen Weiber, entschuldige bitte den Ausdruck, mussten nach jahrzehntelanger Sesselfurzerei an richtige Arbeit erst einmal herangeführt werden. Einige von ihnen versuchen jetzt, der Gesellschaft als Küchengehilfinnen oder Putzfrauen nützlich zu sein. Diese Sozialisierung gelingt, wie du eben gesehen hast, leider nicht in jedem Fall auf Anhieb." Maximilian nahm die Arme wieder herunter und machte ein betrübtes Gesicht. „Andere Einrichtungen als das *Desperado* haben es erheblich besser."

„Weshalb denn das?" fragte Tim. Er meinte zu erinnern, dass auch die Pflichtdienstleistende Jennifer etwas von einer Wende durch Männer erzählt hatte. Möglicherweise war das doch gar kein Traum gewesen.

„Es müssen noch viel mehr Frauen untergebracht werden. Von den männlichen Feministen, den sogenannten lila Pudeln, ganz zu schweigen. Eine ganze Armada! Denk doch mal an die Zeit vor der Jahrtausendwende zurück!" Maximilian fuchtelte mit dem Zeigefinger. „Damals erkrankten und starben massenhaft Männer infolge der Gefährlichkeit ihres Berufs. Frauen dagegen nicht. Todesberufe waren reine Männerjobs. Um das einigermaßen gerecht auszugleichen, wurden Frauenquoten beim Urantagebau, bei der Feuerwehr und bei der Müllabfuhr eingeführt. Als dann auch noch hälftig Abwasserkanalreinigerinnen und Atombrennstabwechslerinnen eingestellt werden sollten, rebellierten die Damen und forderten eine Rückkehr zu Kindern und Küche." Er lachte auf. „Damit meinten sie natürlich Hausfrau und Mutter mit *Brigitte* beim Friseur und *Elle* auf dem Nachttisch. Vielleicht noch gemeinsame feuchte Träume in der Aerobicgruppe und kreischende Fröhlichkeit mit den Freundinnen beim Besuch der *Chippendales*. Viele von denen sind heute immer noch arbeitslos. Denn mehr als schwatzen können sie nicht und Schwatzhaftigkeit gilt nicht länger als emotionale Intelligenz. Aber ich vermute, sie sind dank qualifizierter Ausbildung bestimmt anstelliger und besser zu gebrauchen als ehemalige Frauenbeauftragte."

„Ist es denn wirklich so eine tolle Idee, Frauen wieder an den Herd zu ketten?", fragte Tim.

„Man könnte meinen, du wärest ein Liebhaber brauner Soße oder hättest mindestens fünf Semester radikalen Feminismus studiert", gab Maximilan zurück, „Ich hatte mich damals schon sehr gewundert, dass Kochherde zur weißen Ware gezählt wurden und nicht zur braunen. Denn wer zum Beispiel vorschlug, Frauen sollten sich doch um Kinder und Haushalt kümmern, sah sich flugs mit Nazi-Vorwürfen konfrontiert. Erstaunlich, dass es Herde in ganz gewöhnlichen Kaufhäusern und nicht nur gegen Berechtigungsscheine zu kaufen gab, denn das waren offenbar nichts anderes als männliche Unterdrückungsmaschinen."

Birte kam wieder an den Tisch und stellte den Teller ab.

„Siehst du, wenn du dir Mühe gibst, geht es doch!", lobte Maximilan und nahm sich während des nun grätenfreien Essens noch die Zeit, Tim von seiner zahnausschlagenden Ehefrau zu berichten. Die hatte vor knapp zwei Monaten seine Flucht ins Männerhaus erzwungen. „Glücklicherweise gibt es heutzutage solche Einrichtungen auch für Männer. Früher hielt man unseren Schutz vor Frauengewalt für lächerlich, weil Frauen körperlich schwächer sind und sowieso als Opfer galten."

„Diese Einschätzung war sicher nicht ganz verkehrt", warf Tim ein.

„Wie kommst du denn darauf?"

„Frauen sind doch tatsächlich unterlegen, schon von der Kraft her. Steffi Graf zum Beispiel hätte niemals eine Chance gehabt, ein Tennismatch gegen Boris Becker zu gewinnen. Frauenfußballmannschaften würden auch nicht gegen Männer siegen." Maximilian sah ihn an, drückte die Zunge gegen die Innenseite der Wange, sodass sich eine Beule bildete und kratzte sich am Kinn.

„ ‚Ich hatte die Intelligenz', sagte schon die berühmte Alice Schwarzer, ‚nur Männer zu ohrfeigen, die so gut erzogen und sanft waren, dass sie nie zurückgeohrfeigt haben.'"

„Sehr intelligent!", erwiderte Tim. „Trotzdem ist es so, dass Frauen von Männern vergewaltigt werden können und nicht umgekehrt."

„Eine Frau ist durchaus in der Lage, einen Mann zu vergewaltigen!"

„Wie soll denn das funktionieren?"

„Ganz einfach: Eine Frau vergewaltigt, indem sie den Kopf des Mannes zwischen ihre Schenkel zwingt und ihm Kopfnüsse haut." Maximilian grinste. „Jetzt mal im Ernst – verprügelte Männer galten als erbärmliche Heulsusen und unmännliche Schlappschwänze, obwohl schon ziemlich lange bekannt war, dass häusliche Gewalt zur Hälfte vom ach so zarten Geschlecht ausgeht. Um einen berühmten Rapper von damals zu zitieren: ‚Es ist schon komisch, dass ein Mann, der sich um nichts auf der Welt Sorgen machen muss, hingeht und eine Frau heiratet.'" Breit grinsend stopfte er sich eine Gabel voller ketchuptriefender Pommes in den Mund.

Seine Erzählungen berührten etwas in Tim. Er schloss die Augen. Spiegelscherben, gleich mehrere davon, blitzten kurz auf. Frauen und Kinder zuerst. Das Zeitalter der Frauenbefreiung. Frauenpower. Zeitungen und Fernsehen setzten sich kritisch mit den egoistischen, bindungsunfähigen Macho-Männern, ihren Seilschaften und Männerbünden auseinander. Beklagten eine gläserne Decke, die Frauen an Erfolg und beruflicher Karriere hindere. Und das Publikum hielt sich selbst für kritisch, wenn es einfach nachplapperte, was die Medien unter der Überschrift ‚kritisch' vorbeteten. Hübsche und nette Mädels hatten noch zu keiner Zeit die Neigung verspürt, sich dem Feminismus oder dem Gender-Mainstreaming mit seinen Forderungen zu verschreiben – sie bekamen ja auch so alles. Es ging überhaupt nicht um Gleichberechtigung mit Männern. Es ging in Wirklichkeit um die Gleichberechtigung von hässlichen Frauen mit schönen und begehrten Frauen, um männliche Aufmerksamkeit. Hatte nicht schon Nietzsche gewusst, dass die Emanzipation der Instinkthass des missratenen Weibes gegen das wohlgeratene sei?

Tim zog seinen verrutschten Bademantel zurecht und wippelte mit dem Stuhl hin und her. Maximilians Handy meldete sich. Ein eigenartig bekannter Klingelton.

Maximilian legte die Gabel zur Seite. Er beugte sich vor, griff nach seiner Aktentasche und stieß dabei mit dem Ellenbogen so unglücklich gegen Tim, dass der samt Stuhl das Gleichgewicht verlor. Tim riss noch den Arm hoch, allerdings zu langsam, sodass er trotzdem mit der rechten Schläfe auf die Holzdielen prallte. Geräuschlos, wie in Zeitlupe. Herzjagen, schneller und schneller und schneller, aber überhaupt keine Schmerzen. Absolute Dunkelheit, aber immer noch Maximilians Handyklingelton in den Ohren. Der klang wie ein elektronisches Piepen, das nicht aufhören wollte und das Wert auf Gleichmäßigkeit legte. Wenn wenigstens irgendetwas zu sehen wäre! Eine Ahnung stieg in Tim auf, eine furchtbare Ahnung. Ihm wurde heiß. Lag er immer noch im Krankenhaus? Träge hob er die Augenlider und blickte in ein schiefes, bartumwuchertes Lächeln ohne Schneidezähne. Maximilian. Er hatte ihn offenbar wiederbelebt und zurück auf den Stuhl gewuchtet. Das Piepgeräusch konnte er jetzt nicht mehr hören. Was war nur mit ihm los? Tim ächzte und sah sich um. Die Deko-Saxofone, Fats Domino und Birte-Schätzchen waren verschwunden.

„Was zum Teufel ...?"

„Pscht!", machte Maximilian, „Sei still, es fängt gleich an!" Er zeigte auf ein Buchenholzpodest.

„Was fängt gleich an? Wo sind wir hier überhaupt?"

„Nicht so laut! Dieser Saal wird jeden Mittwoch und manchmal auch sonntags von den AF-Leuten genutzt."

„AF? Was macht denn die Air France hier? Arbeiter-Festspiele?"

Maximilian winkte ab, denn eine weißhaarige, traurig dreinblickende Dame hatte das Podest erklommen, die graue Leselampe gerichtet und bat mit brüchiger Stimme um Gehör. Sie hieß Hildegard, dankte allen anwesenden Mitgliedern, allen Gästen, dem Bundesverband der AF, dem Landesverband Bremen, dem Landesverband Sachsen-Anhalt, dem Landesverband Mecklenburg-Vorpommern und dem zweiten Vorsitzenden des Landesverbandes Hessen. Der lächelte, stand auf, verbeugte sich artig und löste die Dame handschüttelnd am Podest ab.

„Ich heiße Martin ...". Er stockte und starrte auf seine Vorrednerin, die in der ersten Sitzreihe Platz genommen hatte. Sie nickte ihm aufmunternd zu.

„Also, ich heiße Martin", begann er von neuem, „und ich, ich bin ... ich bin ein Feminist!" Beifall brandete auf. „Ich habe diese furchtbare Krankheit, die nicht heilbar, sondern höchstens zum Stillstand zu bringen ist. Solange ich auf dieser Erde lebe, habe ich diese Krankheit - und ich bin entweder ein haustierartiger oder ein raubtierartiger Feminist. Wenn ich an diesem tiefsten Punkt angelangt bin, eröffnet sich mir die Möglichkeit der Genesung. Wobei es eine ganz wichtige Hilfe ist, immer nur für den heutigen Tag zu leben."

Die anderen Leute im Saal schienen diese Worte zu kennen und spendeten wieder Beifall. Offenbar ein Ritual. Martin wirkte zusehens sicherer, seine Stimme klang fester. „Da alle Mitglieder hier selbst Feministen sind, haben sie ein besonderes Verständnis füreinander. Sie haben diese Krankheit – den radikalen Feminismus – bitter am eigenen Leibe verspürt und in der Gemeinschaft gelernt, sie zum Stillstand zu bringen, indem sie Tag für Tag ganz ohne feministisches Gedankengut leben. Die Anonymen Feministen treffen sich regelmäßig, um ihre Erfahrungen und Erkenntnisse auszutauschen. Durch den ständigen Kontakt mit den genesenden AF-Freunden, das Gefühl der Gemeinschaft und der Freundschaft kann der Zwang zum haltlosen Feminisieren durchbrochen werden." Vereinzeltes Klatschen. „Als Neuling habe ich gelernt, auf feministisches Gedankengut nur für einen einzigen, den heutigen Tag zu verzichten. Anstatt dem Teufel Frauenbewegung für alle Zeiten abzuschwören oder mir Sorgen zu machen, ob ich auch morgen noch ein ungefährlicher Haustierfeminist bleiben kann, konzentriert sich der Feminist darauf, jetzt und heute nicht wie ein bösartiges Raubtier gegen Männer zu kämpfen." Tim litt nach seinem Sturz mit dem Stuhl unter einer Kopfschmerzattacke, hatte Mühe, geistig zu folgen und war schrecklich müde. Er musste tatsächlich für einige Minuten eingenickt sein, denn als er wieder hochsah, stand nicht mehr der selbstkritische Martin vorn, sondern eine breitschultrige Frau von enormem Format. Aus den schwarzen Lautsprecherboxen an der Decke klangen noch die letzten Takte von „*Frauen sind böse*", das schien die Hymne der AF zu sein, denn alle klatschten mit, einige sangen.

„Ich heiße Petra", begann Petra, „und ich bin Feministin." Beifall. „Ich trug einen peinlichen, unaussprechlichen Doppelnamen, doch ihr alle von den Anonymen Feministen habt mir geholfen, ihn abzulegen. Ich habe alle Männer, wirklich alle Männer, für potenzielle Vergewaltiger gehalten, deshalb Frauenparkplätze gefordert und auf ihnen geparkt. Wenn auf einem Frauenparkplatz ein Männerauto stand, ja, dann hatte das gute Stück blitzschnell ein paar sehr hässliche Kratzer im Lack. So ein Vorgehen war aus meiner Sicht nicht nur erlaubt, sondern notwendige Gegengewalt." Sie machte eine Pause und guckte mit großen Augen in die Runde. „Ich habe eine Zeit lang in einer Klinik als Gleichstellungsbeauftragte gearbeitet und sogar dann noch die Einstellung von qualifizierten Männern konsequent verhindert, als das Personal schon zu neunzig Prozent aus Frauen bestand. Warum ich das tat? Weil für mich persönlich männliche Zurückweisung oder einfache Nichtbeachtung nie etwas anderes sein konnte als chauvinistische Frauenfeindlichkeit, die sich brutal gegen alle Frauen dieser Welt richtete."

Petra holte tief Luft, sah nach unten. Ein Raunen ging durch den Saal. „Ich habe damals sogar eine Kindspatenschaft in Afrika übernommen – natürlich für ein Mädchen." Vereinzelte Buhrufe waren zu hören. Petra nickte. „Viele eingehende Gespräche, regelmäßige Gartenarbeit und das Backen von Apfelkuchen nach dem Rezept einer bekannten Nachrichtensprecherin haben mir aber geholfen, eine Haustierfeministin zu werden. Und ich hoffe, ja, ich bete dafür, dass meine schrittweise Eingliederung in diese Gesellschaft wenigstens teilweise gelingt und dass ich den angerichteten Schaden wiedergutmachen kann." Tims Konzentration ließ jetzt noch mehr nach, er konnte nicht recht folgen und hörte kaum noch zu. Erst jetzt bemerkte er den in fetter Frakturschrift gehaltenen Sinnspruch hinter dem Rednerpult: *„Erst, wenn Soldatenfriedhöfe von weiblichen wie von männlichen Vornamen geschmückt werden, ist Gleichberechtigung erreicht."*

Tim fühlte sich unendlich müde, er sehnte sich nach Geborgenheit. Wärme. Liebevoll-über-den-Kopf-gestreichelt-Werden. Nach zu Hause. Aber was und wo war das? Im Knast? Im Krankenhaus? Bei seiner Mutter, die er Christiane nennen musste?

Er erinnerte ein unscharfes, stark verwackeltes Foto von ihr, wie sie sich mit einer Frauenzeitschrift im Strandkorb räkelte. Irgendwo an der Ostsee. Was für eine ausgesprochen dämliche Ponyfrisur sie doch trug. Kurz und praktisch. Dann doch lieber mutterlos. Und nicht nur wegen des Haarschnitts.

Tim spürte, dass er eine bessere Bleibe brauchte als Maximilians Männerhaus mit angeschlossener Kneipe. Er musste noch heute, am besten sofort, auf die Suche gehen. Wohnungsannoncen. Vielleicht gab es in der Nähe einen Kiosk oder wenigstens eine Tankstelle. Ohne sich weiter um Frauenparkplatz-Petra oder Maximilian zu kümmern, stand Tim auf und schlich aus dem Saal. Tatsächlich hatte dicht am Eingang ein kleiner Laden mit Süßigkeiten, Zigaretten und Zeitschriften geöffnet. Tim zählte ein paar Münzen ab, legte sie in die Geldschale und bekam ein Abendblatt ausgehändigt.

Die Immobilienanzeigen lasen sich reichhaltig und vielversprechend. Eine „Räuberhöhle zum Selberbasteln" sprang ihm entgegen. Aber erst nach Besichtigung der dritten „charmanten" Wohnung wurde ihm klar, dass „charmant" eine höfliche Umschreibung für „Hasenstall" bedeutete. Dann sah er sich auch Unterkünfte „mit Flair" und solche „für Individualisten" an, schließlich war er nicht irgendwer und mochte auch sonst keine vorgelutschten Bonbons. Aber diese Hinweise deuteten nur auf völlig verschnittene und unbewohnbare Löcher mit finsteren Bädern und asbestspeutzenden Nachtspeicherheizungen hin. Also doch zum teuren Makler. Zwar blitzte kurz die Frage auf, woher das viele Geld für Wohnung und Courtage eigentlich kommen sollte, aber nur sehr kurz.

Vor einigen Jahren noch, erinnerte sich Tim, arbeiteten überschuldete Einzelhandelskaufleute als Vermögensberater oder Plastikschüsselvertreter, inzwischen nannte sich jeder Gebäudereinigungslehrling nebenbei Makler. Wer sich für eines ihrer Angebote interessierte, bekam als Erstes zu hören, dass bereits „mehrere Gebote" für die Wohnung vorlägen und dass auch schon ein fester Notartermin stehe, man könne das Objekt aber dennoch gern besichtigen, denn die Finanzierungen würden „oft noch im letzten Augenblick platzen".

Tim rief bei so einer Dame „mit schnellem Service" an, sprach sein Begehr auf den Anrufbeantworter und wurde nach kaum fünf Stunden zurückgerufen. Ja doch, wurde ihm professionell freundlich beschieden, die

Wohnung sei zwar offiziell noch im Angebot, allerdings sei für morgen bereits „ein Notartermin vereinbart".

„Kein Problem",sagte Tim, „dann suche ich eben woanders weiter!"

„Na ja", antwortete sie schnell, „oft ist es so, da platzt ein Termin noch im letzten Moment wegen der wackeligen Finanzierung. Ich bin heute ohnehin zufällig in der Nähe der Wohnung und könnte sie Ihnen kurz zeigen!"

Gesagt – getan. Sie trafen sich zwei Stunden später vor dem ausladenden Jugendstilgebäude, das sich nach Auskunft der Maklerin in einem „Topzustand" befand, dem ersten Eindruck nach aber schon bessere Tage gesehen hatte. Vor vielen Jahren. Wie die geschäftige Dame auch. Eine dürre, nikotinfingrige Mittfünfzigerin mit langen, teilweise rot gefärbten Haaren, die den Abschied von der Jugend verpasst hatte und die immer noch versuchte, wie zweiundzwanzig zu wirken. Vielleicht war sie tatsächlich einmal hübsch gewesen.

„Man wohnt hier sehr urban und doch in einer Oase der Ruhe", brüllte sie Tim zu, den Lärm der vierspurigen Straße und des „halb zwei" schlagenden Glockenturms überkreischend. In der Wohnung selbst wies sie auf die „schönen Schiffsplanken aus dem Jahre 1948" hin, die zwar nicht schwankten, dafür aber bedenklich knarrten. Das von der Vormieterin hinterlassene „nagelneue Badezimmer" erwies sich als fensterloses Bohrlochinferno: Armaturen, Festhaltegriffe, Konsolen, Spiegel und Handtuchhalter waren unfachmännisch entfernt worden. Tim konnte sehen, dass sämtliche Löcher, es gab etwa vierzig davon, mitten in die dunkelblauen Kacheln gebohrt worden waren – die Fugen hatte frau unversehrt gelassen. Zum Ausgleich enthielt die angeblich „zeitgemäß ausgestattete Küche" weder Herd noch Spüle, nur ein beiges Küchenbuffet mit Blindfenstern aus dem

Jahre 1964 und eine ockerfarben beschichtete Arbeitsfläche aus durchgebogenem Resopal. Blaurote *Prilblumen* der allerersten Auflage verzierten angeschlagene Kacheln. Die „neuwertige Heizung" hatte man vor knapp zwanzig Jahren eingebaut, das Dach damals ebenfalls „komplett erneuert". Um der Maklerin noch eine Chance zu geben, fragte Tim:

„Schwamm oder Holzbock gibt es in diesem Haus doch nicht – oder?" Sie sah zu Boden. Holte Luft. Strich sich durch die Haarsträhnen. Blickte ihm lange, tief und Vertrauen erweckend in die Augen. Lächelte.

„Nun, vor zwei Jahren wurde tatsächlich Schwamm im Haus entdeckt."

„Hm." Tim kräuselte die Stirn.

„Sehen Sie, es ist doch viel besser, Sie wissen Bescheid und es wurde etwas repariert als dass Sie ein Haus kaufen, von dem man so etwas gar nicht weiß!"

Wollte ich dieser Logik folgen, überlegte Tim, wäre es auch besser, ich hätte gerade Lungenkrebs samt Chemotherapie hinter mir als noch nie ein Karzinom im Leibe gehabt und weiß gar nichts davon. Er verabschiedete sich und murmelte, sich die Sache noch überlegen zu wollen. Immer noch kein eigenes Heim in Sichtweite. Ihn fröstelte in den Beinen, in den Armen, doch gleichzeitig überwog das Gefühl, über alle Maßen am ganzen Körper zu schwitzen. Hoffentlich hatte er sich keine Grippe eingefangen.

Außerdem bearbeitete ein unsichtbarer, aber dafür muskulöser Metzger seine Wirbelsäule ohne Unterlass mit einem riesigen Edelstahl-Fleischklopfer. Dieser Schmerz mochte leichter auszuhalten sein als das immer noch unvollständige Puzzle im Schädel, aber Tim litt unter beidem. Klassische Doppelbelastung. Ein Sattelschlepper donnerte mit schwarzen Auspuffwolken vorbei und hupte an der Kreuzung wie ein Ozeandampfer. Männer mit schmalen Aktentaschen und Frauen mit vollgepackten Einkaufstüten liefen ihm entgegen. Sie hatten kein Mienenspiel und guckten starr geradeaus. Er sah graue, quadratische Pflastersteine auf dem Boden und viele Menschen, viel zu viele Menschen. Großstadtpoesie? Sein Körper schrie nach dem schnellen und gerechten Tod des Schlachters mit dem Fleischklopfer.

Auf der gegenüberliegenden Straßenseite, zwischen einer schmalen Filial-Konditorei mit Sonderangebot für Kirsch-Kopenhagener und einer Motorradhandlung mit fünf schräg stehenden, blitzenden Maschinen vor der Tür, blinkte eine herzförmige Neonwerbung auf und pries „Entspannung für den gestressten Herrn" an. Tim hielt sich selbst zwar nicht wirklich für einen Herrn, aber sehr gestresst fühlte er sich allemal. So verzichtete er auf den Weg zur Ampel und hetzte zwischen den vorbeijagenden Autos und Mopeds auf die andere Seite.

Er öffnete die undurchsichtige, weinrote Glastür und betrat das Foyer des hellen, gepflegten Sandsteinbaus. Sphärische Gitarrenmusik, melodiefreie Entspannungsklänge umfingen ihn, dazu gesellte sich ein schwacher, aber doch erkennbarer Duft von Sandelholz und Vanille. An den Wänden klebten apricotfarbene Tapeten mit einem Dekorband voll kleiner, gelber Tulpen. Tims Blick fiel auf einen weißen Beistelltisch. In der Mitte des Tisches, *genau* in der Mitte stand eine kleine Birkenfeige. Ohne gelbe Blätter und ohne tote Äste. Sie wuchs in einem ebenfalls weißen Übertopf mit erhabenen eingearbeiteten, stilisierten Schafsmotiven als Verzierung. Sauberes, braunes Pflanzgranulat statt schmutziger Erde versorgte die indische Pflanze mit Nahrung. Er hatte genau diesen Tisch mit genau dieser Dekoration irgendwo schon einmal gesehen.

An einem gläsernen Schreibtisch saß eine dunkelhaarige Endvierzigerin mit dünnen, fast strichartigen Lippen und blätterte in einer Illustrierten. Sie trug ein weites, dunkles Baumwolloberteil undefinierbarer Farbe und einen schwarzen, knöchellangen Rock. Voller Abscheu sah sie Tim an, zog die Mundwinkel weit nach unten und klemmte sich mit energischer Geste eine Haarsträhne hinters rechte Ohr. Klappte die Zeitschrift zu. In Tim kroch der Gedanke an eine Trockenpflaume hoch. Er wollte sich schon abwenden und gehen, als sie plötzlich aufstand und sich die Andeutung eines Lächelns abrang.

„Guten Tag, junger Mann!"

„Hallo."

„Besuchen Sie heute das erste Mal unsere Wohlfühl-Oase?"

„Ja, aber ich glaube, ich komme lieber später wieder."

„Nun sind Sie schon hier, da sollten Sie auch bleiben. Wir werden Ihnen ein paar unvergesslich schöne Stunden bereiten." Sie versuchte, wieder zu lächeln, gleichzeitig aber schimmerten ihre Augen feucht. „Bitte bleiben Sie, dieser Job ist wirklich meine allerletzte Chance", flüsterte sie.

„Ich verstehe nicht recht ...". Tim hob die Augenbrauen.

„Nehmen Sie doch bitte kurz Platz, wir trinken einen kleinen Schluck zusammen und ich erkläre Ihnen alles."

Tim seufzte und hätte sich gerne in Luft aufgelöst, tat aber wie geheißen und bekam den versprochenen Schluck. Es war *Veuve-Clicquot-Champagner*, eiskalt und prickelnd. Am liebsten hätte er das beschlagene Glas an seiner Stirn hin- und hergerollt. Die inzwischen schluchzende Bedienung setzte sich ebenfalls.

„Ich bin die Ursula", begann sie im Flüsterton, „und ich ... ich bin Feministin. Fast zwanzig Jahre lang habe ich als Deutschlehrerin im Rosa-Luxemburg-

Gymnasium gearbeitet und den Schülerinnen und Schülern erklärt, dass der Schriftsteller Martin Walser bloß Schund produziert, weil er mit Sätzen wie ,*Man kann nicht sagen, man könne abends keinen Apfel essen, weil man mittags ein Schnitzel gegessen hat*' männliche Untreue verherrlicht. Und ihnen eingebläut, dass Frauen für die gleiche Arbeit rund 25 Prozent weniger Geld bekämen als Männer und nur wegen ihres Geschlechts keine Jobs als Vorstände in DAX-Unternehmen antreten dürften.“

Sie zog ein Papiertaschentuch hervor, schnäuzte heftig hinein und sprach lauter. „Wenn sich die Jungs im Unterricht oder in den Pausen irgendwelche Frechheiten erlaubten, wurden sie von mir bestraft und für ihr Machogehabe ausgeschimpft. Ich wollte entsprechend den Freiburger Richtlinien die jungmännliche Dominanz brechen. Wenn dagegen die Mädchen unverschämt auftraten oder sich sogar grün und blau prügelten, habe ich sie bestärkt und für ihr wachsendes Selbstbewusstsein gelobt. Bessere Noten haben die Mädchen von mir auch bekommen, weil ich sie doch fördern wollte.“ Sie stockte und spielte mit dem Taschentuch zwischen den Fingern. „Ich war einfach furchtbar dumm und verblendet.“

„Aber was machen Sie denn jetzt hier?“

„Ursula, bitte, oder besser Uschi.“

„Gut, ähm, Uschi, also, was machst Du denn jetzt in diesem Laden?“

„Arbeiten. Nach der Wende wurden alle Feministinnen und vorsichtshalber auch Lehrerinnen von ihren Posten entfernt und in Schulungsprogramme gesteckt. Ich selbst bin leider schon in vier staatlichen Wiedereingliederungsmaßnahmen wegen Rückfalls in Sexismus und männerverachtende Rollenmuster gescheitert.“ Sie holte tief Luft. „Wenn ich hier nun auch wieder versage, bekomme ich gar keinen Job mehr und stehe für den Rest meines Lebens unversorgt auf der Straße. Darum – lass dich einfach bei uns ein paar Stunden lang verwöhnen, du wirst es ganz bestimmt nicht bereuen. Wir haben hier acht sehr hübsche junge Damen, die sehr genau wissen, was richtige Kerle mögen."

„Was soll denn der Spaß kosten?"

„Bei uns gibt es bewusst keinen festen Tarif. Wenn der Gast nach der Massage wieder geht, zahlt er so viel, wie ihm für die gebotene Dienstleistung angemessen erscheint. Ist er vollkommen unzufrieden, zahlt er also überhaupt nichts. In den letzten fünf Jahren, also seit Bestehen dieses Hauses, war aber noch kein einziger Besucher unzufrieden."

„Das hört sich fair an!"

Sie warf ihr zerknülltes Taschentuch in den Papierkorb, erhob sich, klemmte wieder die Haarsträhne hinters Ohr und führte Tim durch einen langen Flur. Vor dem Zimmer mit der rot verschnörkelten Nummer vier blieb sie stehen, ließ Tim hinein und verkündete, seine „Dienerin" würde gleich zur Stelle sein. Dann schloss Uschi die Tür von außen.

Er spazierte über die rotgraue Auslegware und sah sich um. Viel gab es nicht zu sehen, nur ein riesiger, schwarzumrandeter Futon beherrschte Raum. Rechts und links davon stand jeweils ein winziger Nachttisch, auf dem rechten eine Mini-Stereoanlage und auf dem linken rote und grüne Fläschchen mit Massageölen und Waschlotion. Auf den Futon selbst hatte jemand schmetterlingsartig aufgefächerte Handtücher drapiert. Ein gemütlicher, schwarzer Cocktailsessel stand an der Wand und Tim ließ sich hineinfallen. Ausgesprochen bequem. Eine bekannte Sehnsucht nach Geborgenheit umfing ihn. Sehnsucht nach vertrauter Umarmung, nach menschlicher Wärme und Zuneigung. Die Welt draußen schien rational, berechenbar, berechnet. Für jeden Wunsch und für jede Handlung gab es logische Erklärungen, wirtschaftliche Gründe, Vorschriften, Sachzwänge, ein steriles *weil*.

Die Tür öffnete sich und die versprochene Dienerin trat ein. Susanne hieß die junge Dame und Susanne war bemerkenswert hübsch. Sie hatte lange, schwarzgelockte Haare mit einem schwachen Blauschimmer. Große Augen, dunkel und hypnotisch. Von der Figur her war sie der Typ Mädchen, nach dem sich nicht nur Bauarbeiter gern umdrehten. Knallenge Jeans und ein bauchfreies T-Shirt deuteten darauf hin, dass sie um ihre Wirkung wusste. Leidenschaftlich drückte sie Tim einen warmen Kuss auf die Lippen. Dann ergriff sie eines der gefalteten Handtücher, breitete es auf dem Futon aus und strich es sorgfältig glatt.

„Zieh dich bitte aus und leg dich einfach hin, ich komme gleich wieder", hauchte sie und verschwand. Tim stand auf, zog sich das Sweatshirt aus, wusste nicht, wohin damit und warf es schließlich auf den Sessel, Jeans, Socken und Unterwäsche hinterher. Kaum hatte er sich seiner Kleidung entledigt, war Dienerin Susanne auch schon wieder da und trug eine kleine, türkisfarbene Plastikschüssel in den Händen. Sie stellte die Schüssel auf den Boden und er musste sich auf den Rücken legen. Langsam zog sie das eng sitzende T-Shirt über den Kopf und warf es auf den Sessel, schälte sich mit weichen Bewegungen aus der Jeans, zog alles aus.

Susanne schaltete die Stereoanlage ein, einschmeichelnde Schmuseklänge füllten den Raum. Sie kniete sich auf den Futon, nahm einen der Waschlappen, tauchte ihn in die Schüssel, drückte ihn leicht aus und begann, Tim vorsichtig, sehr vorsichtig abzuwaschen. Die Hände, die Arme, die Brust, unter den Achseln, den

Bauch, ganz ruhig, beinahe bedächtig. Dann tupfte sie alles trocken und bewegte sich dabei sehr geschmeidig. Es folgte eine sanfte Reinigung der Männlichkeit, was der kleine Tim nicht völlig regungslos hinnahm. Dann ein Abwaschen der Oberschenkel, der Knie, Waden und der Füße. Wieder Trockentupfen. Susanne warf das Handtuch ans Bettende und griff zur Ölflasche, rieb erst ihre Hände ein und dann seine Arme, seinen Brustkorb. Tim berührte schüchtern ihre Wespentaille, ihre leicht gebräunten Oberschenkel, ihre unverschämt samtige Haut. Unbeeindruckt streichelten die warmen Hände der Dienerin langsam und gleichmäßig weiter, ohne Aussparung der wirklich sensiblen Stellen, bestimmt zehn Minuten lang. Tim konnte kaum an sich halten, dachte zur Ablenkung an ein eiskaltes, beschlagenes Bierglas und an widerlich fette, behaarte Vogelspinnen. So ging es.

Susannes setzte sich zwischen seine gespreizten Beine, er bewunderte ihre feste, kleine Oberweite. Sie massierte ihn liebevoll, arbeitete sich in Zeitlupe zu den Füßen hinunter und ließ keinen einzigen Zeh aus.

„Umdrehen, bitte."

„Aber dann sehe ich doch nichts mehr!", protestierte Tim. Sie legte den Kopf schief, das sah sehr anmutig aus und Tim gehorchte. Die gleiche Prozedur auf dem Rücken, waschen, streicheln. Es kam ihm vor wie eine Ewigkeit und es hätte nicht viel gefehlt, bis ihn der Schlaf übermannt hätte. Die Streicheleinheiten wurden eine Spur sanfter. Noch sanfter. Susanne rieb ihren Oberkörper mit dem Öl ein und legte sich der Länge nach auf Tim. Sie bewegte sich, er spürte kreisende Bewegungen ihrer Brüste zuerst am Schulterblatt, dann an der Wirbelsäule und dann noch tiefer. Sein Atem ging schneller. Zärtlich massierte sie seinen Po, arbeitete sich in quälender Langsamkeit zwischen seine Beine vor.

„Umdrehen, bitte." Tim drehte sich um, diesmal ganz ohne Widerworte. „Schon eingeschlafen?"

„Nicht ganz."

Sie lächelte, beugte sich vor, küsste ihn, saugte an seinen Lippen, spielte mit seiner Zunge. Streichelte ihn mit ihrem Oberkörper, überall. Tim blieb die Luft weg. Von Susanne ging ein betörender, gleichzeitig fremder und wohlbekannter Duft aus. Zwischen seinen Beinen waren nicht nur ihre Hände, sondern auch ihre Lippen, und das zum Explodieren geschickt und zärtlich. Als sie ihn liebevoll ganz in sich aufgenommen hatte, halfen Tim auch keine Vorstellungen von Biergläsern und Spinnen mehr.

Danach stand Susanne auf, ging mit der Schüssel aus dem Zimmer und brachte nach drei Minuten frisches, warmes Wasser, um ihn überall behutsam von Öl und Schweiß zu befreien. Danach trocknete sie ihn ab, als sei er aus wertvollem Porzellan.

„Müde?", fragte sie.

„Ja, ein bisschen."

„Warte einen Moment, ich hole dir etwas Erfrischendes zu trinken."

Sobald sie aus dem Zimmer verschwunden war, nickte Tim ein. Keine dreieckigen Spiegelsplitter mehr. Nur noch Schwärze überall, Abgleiten in warme Schwärze von bemerkenswerter Tiefe. Wenn auf diese Weise der Tod kommen sollte, wie ein letztes Ausatmen, brauchte sich niemand davor zu fürchten. Der Tod kam aber nicht. Susanne, noch immer wunderbar nackt, weckte ihn mit einem Kuss und reichte ein Glas Champagner aus der orange etikettierten Flasche.

„Ist das nicht ein etwas ungewöhnlicher Arbeitsplatz?", wollte er wissen und nahm einen Schluck.

„Besser als auf dem Friedhof!", gab sie zurück.

„Wieso denn Friedhof? Du bist doch noch ziemlich jung."

„Und genau das ist mein Glück! Weil es früher nur männliche Sargträger gab, sollte ich nach der Schule und dem Zivildienst die Frauenquote auf dem Friedhofsamt erhöhen und als Sargträgerin arbeiten. Durch die Protestdemonstrationen der Atombrennstabauswechslerinnen wurden die Zwangsquoten für Frauen in harten Männerberufen endlich abgeschafft und zum Glück habe ich hier Unterschlupf gefunden."

„Herrenentspannung findest du netter als Särge tragen?"

„Ja, viel netter. Manche Männer sind nämlich richtig süß-tapsige Bären." Sie legte den Kopf wieder schief und lächelte. Entkräftet und sehr entspannt stellte Tim sein Glas ab, stand auf, sortierte seine Kleidung vom Sessel und zog sich an.

„Ich bin gleich wieder da", sagte sie, ging aus dem Zimmer und war tatsächlich eine Minute später wieder da – mit einem Duschhandtuch um den Leib und einem Säugling im Arm, höchstens drei Monate alt.

„Deine Tochter?", fragte Tim.

„Nein, sie gehört meiner Freundin. Sie musste vorhin schnell zum Arzt und hat mich gebeten, so lange auf die Kleine aufzupassen." Mit diesen Worten legte sie Tim das winzige, rosa eingepackte Mädchen an die Brust. Er hielt mit dem rechten Oberarm den Kopf hoch, streichelte mit der linken Hand die Wange, die kleine Nase. Das Baby strahlte und machte leise, zufriedene Grunzgeräusche. Susanne strahlte auch. Tim fand ihr Verhalten ziemlich mutig, immerhin hätte er als Mann durchaus ein potenzieller Kinderschänder sein können. So etwas wurde früher allgemein von männlichen Kindergärtnern angenommen wie überhaupt von Männern, die Kinder mochten. Weiter kam er mit seinen Gedanken nicht, denn Susanne nahm ihm die Kleine behutsam wieder ab, brachte sie hinaus und erschien kurz darauf wieder.

Tim legte eine so hohe Summe auf den rechten Nachttisch mit der Stereoanlage, dass er gefragt wurde, ob ihm denn noch genug Geld für ein Abendessen bleibe. Nach seinem ohne Nachdenken abgegebenen ‚Ja' wurde er mit einem intensiven Zungenkuss sowie der Bitte, doch möglichst bald wiederzukommen, verabschiedet.

Die Straße draußen hatte sich in der Zwischenzeit verändert. Das graue Pflaster schien nicht mehr so graugrau zu sein, Männer mit schmalen Aktentaschen und Frauen mit Einkaufstüten drückten jetzt Empfindungen in ihren Gesichtern aus, einige hatten gute Laune und ein paar auch Ärger. Einmal schien es ihm, als sei einer der Männer sein Vater. Allerdings hatte er nur eine ungefähre Erinnerung an dessen Gesichtszüge und Körperhaltung. Und der Mann sah ihn auch nicht so an wie ein Vater seinen eigenen Sohn ansehen würde. Tim fühlte sich eher betrachtet wie ein besonders rassiges Vollblutpferd mit leider gebrochenem Bein.

Er bog in eine kleine, weithin zugeparkte Seitenstraße ein. Sein Blick fiel auf eine Apotheke und gleich daneben auf ein italienisches Restaurant. Das *Mamma Mia* hatte, wie seine laute Besitzerin, die besten Tage gesehen. Abgenutzte, schartige Holztische und mit Wachs vollgetropfte Kerzenhalter aus fleckigem Messing verbreiteten im Einklang mit bauchigen Bastflaschen am Tresen und Fischernetzen an der grob verputzten, gelblichen Decke ein pseudoitalienisches, rustikales Ambiente. An der Wand warb ein dunkelbraunes Reklameschild für *Amaretto Di Saronno*. Die betagte, bierverklebte Musikbox plärrte alte Platten von Umberto Tozzi und Angelo Branduardi. Niemand legte Wert auf übertriebene Sauberkeit und Tim fühlte sich richtig heimisch, so, als wäre er hier tatsächlich schon einmal eingekehrt.

Er bestellte ein Glas *Chianti Classico* und eine *Pizza Calzone*, sein Blick streifte ein Mädchen am Nebentisch. Die junge, hellblonde Dame sah mit der weißen Bluse auf ihrer kräftig gebräunten Haut sehr sexy aus. Sie hatte volle Lippen, blaugrüne Augen und ein kleines Grübchen auf der rechten Wange.

„Haben wir uns nicht irgendwo schon einmal gesehen?", fragte Tim.

„Das glaube ich ganz sicher", antwortete sie, „und außerdem habe ich eine ausgeprägte Schwäche für intelligente Herren, die sich etwas richtig Originelles einfallen lassen, um mich anzusprechen. Ich heiße Verena."

„Ich bin Tim. Du kommst mir aber wirklich sehr bekannt vor. Was machst du so?"

„Pizza essen."

„Nein - ich meinte, was machst du beruflich?"

„Im Moment gar nichts. Ich bin nur auf Bewährung draußen." Tim schluckte.

„Wenn die Frage nicht zu aufdringlich ist - was hast du denn Furchtbares angestellt?"

„Die Frage ist aufdringlich. Aber ich erzähl's dir trotzdem: Als ich damals schwanger war, habe ich den Vater des Kindes vom Jugendamt aus seiner eigenen Wohnung werfen lassen und einfach selbst dort gewohnt. Um die Wohnung und mehr Unterhalt zu bekommen, musste ich die Tatsachen geringfügig modifizieren. Nicht der Rede wert."

„Du hast betrogen?"

„Na ja, Betrug ist so ein extrem unschönes, hartes Wort. Ich habe nur die übliche Nummer vom Kindesmissbrauch und vom Prügeln gebracht. Das hat damals doch fast jede Mutter gemacht, um den Vater zu bestrafen. Geholfen hat mir natürlich auch das Gewaltschutzgesetz, die Behörden glaubten einer weinenden Frau jede Geschichte." Verena lächelte in sich hinein. „Und natürlich durfte er zwar für mich und sein Kind zahlen, das Kind aber nie sehen. Gut, das war vielleicht wirklich nicht so nett von mir und ein bisschen unfair, aber er war schließlich auch kein Engel. Konnte ich denn damals ahnen, dass die jahrzehntelang bewährten Gesetze über Nacht plötzlich väterfreundlich werden?" Sie machte einen Schmollmund. „Wenn du also von einem guten Job für mich weißt, nur heraus damit!"

Aber Tim konnte ihr nicht helfen. Vielleicht sollte er sie in den Entspannungssalon zu Uschi und Susanne schicken. Dort würde sie bestimmt gutes Geld verdienen. Eine ausführliche Massage von ihr konnte er sich lebhaft vorstellen.

Der Kellner näherte sich mit dem dampfenden Teigfladen auf einem dicken, runden Holzteller mit eingekerbter Saftrinne. Im Hintergrund war Angelo Branduardi zu hören, der zu Geigenklängen mit *La pulce d'acqua* einen Wasserfloh besang. Tim widmete sich seiner Pizza, verbrannte sich jedoch am ersten Bissen die Zunge und ließ ihn wieder auf die Gabel zurückgleiten. Jetzt hatte er ein Blatt auf der Zunge und würde kaum noch etwas schmecken. Ärgerlich, denn Tim liebte Gerichte mit Migrationshintergrund. Das lag sicher an den vielen mütterlichen Mettwurstbroten in seiner Jugend. Er legte die Gabel ab und nahm einen ordentlichen Schluck vom Chianti.

Am Tisch gegenüber diskutierten zwei Männer beim Bier, beide um die fünfzig Jahre alt. Der eine wirkte recht gepflegt, trug kurze dunkle Haare und ein mit Ärmelkniffen gebügeltes, taubenblaues Oberhemd. Vermutlich ein Beamter, Typ gehobener Dienst. Der andere war schlacksig, hatte fast schulterlanges, angegrautes und wirr abstehendes Haar. Seine randlose Brille verlieh dem sonnengegerbten Gesicht einen Hauch von Intelligenz. Die dünn zusammengerollte *Frankfurter Rundschau* auf seiner Tischhälfte unterstrich diesen Eindruck.

„Die Unzufriedenheit der Frauen hat sich verstärkt, je weiter Männer ihnen entgegenkamen – das ist in privaten Beziehungen übrigens genauso. Tu, was die Frau möchte und sie wird dich verlassen. Aber sie wird nie zugeben, dass sie einen männlichen Entscheider, einen großen Papi wollte", sagte der Beamte und hob sein Bierglas.

„Wie mans nimmt", erwiderte der *Frankfurter-Rundschau*-Mann, „ich glaube schon, dass tief verwurzelte patriarchalische Strukturen den Frauen das Leben in gewisser Weise schwer gemacht haben und ..." Er ließ sich von einer Handbewegung des Beamten unterbrechen.

„Ach, Unsinn! Erstaunlicherweise schoben Frauen ihre Unzufriedenheit auf das böse Patriarchat, dabei liegt die Ursache für das weibliche Gezicke gerade im Fehlen eines ordnenden Patriarchats. Frauen fehlt ganz einfach der Mut zur Selbsterkenntnis! Während es echten Männern nicht schwer fällt, zuzugeben, dass sie gern ein fügsames Kuschelpüppchen im Arm haben möchten!"

Schon wieder dieses Thema. Wenn jetzt der Geschlechterkrieg zu Ende und das Ergebnis klar war, sollte doch irgendwann einmal Ruhe an der Front einkehren, dachte Tim. Dann könnte die Erkenntnis reifen, dass es sich beim Feind ebenfalls um einen Menschen handelte, mit dem es mehr Einendes als Trennendes gab. Aber nach normalen Kriegen ist es auch üblich, dass es für die Überlebenden noch Jahre später nur ein einziges Gesprächsthema gibt: den Krieg. Harmonie existierte wohl nur dort, wo auch noch für die hässlichste Bluse und für das klobigste Schmuckstück schöne Worte gefunden werden: im Einkaufsfernsehen.

Angelo Branduardi sang immer noch vom Wasserfloh. Hohe, seltsam schiefe Töne mischten sich zwischen den Gesang, erst nur zu ahnen, dann deutlicher. Auf der Straße kreischte ein Frauenchor „Verbrennen, verbrennen, verbrennen!", immer wieder und immer lauter. Die Tür flog auf und dabei fast aus den Angeln. Drei mit dunkelbraunen Schals vermummte Frauen brüllten: „Kommt mit uns, wir verbrennen sie auf dem Marktplatz!"

„Wen verbrennen wir?", fragte Tim. „Und warum?"

„Nicht wen, sondern was! Diese verfluchten Dinger hier verbrennen wir, komm mit!" Damit knallten sie jedem Gast ein dickes Buch auf den Tisch, stürmten wieder hinaus und skandierten weiter. „Verbrennen, verbrennen, verbrennen!" Sie trugen alle das gleiche Sweatshirt mit einem gedruckten Frauen-gegen-Feminismus-Emblem auf dem Rücken.

Tim schob die Pizza beiseite und hob sein Buch an. „Bibel in gerechter Sprache" lautete der Titel. Er blätterte, ob vielleicht irgendwo bei Paulus stand, dass eine Frau zu Tode zu bringen sei, wenn sie bei einer Frau liegt, fand den Passus aber nicht. Schade. Dafür war Jesus von „Jüngerinnen und Jüngern" umgeben, der heilige Geist zu „die Geisteskraft" mutiert und es gab „Makkabäerinnen und Makkabäer" sowie „Pharisäerinnen und Pharisäer". Gott selber hieß an einigen Stellen „Sie" oder „die Ewige". Wenigstens der Teufel war männlich geblieben. Viel zu originell und amüsant zum Verbrennen. Sollten die Leute doch einfach an das glauben, woran sie glauben wollten.

Möglicherweise war er selbst ein Gott, der Gott, stark und allwissend und allmächtig. Tim atmete durch und fühlte sich in die Rolle hinein.

Im Bewusstsein des Tim erlebe ich, was für Welt und Universum gehalten wird. Ja, ich bin dieses allmächtige und allwissende Wesen, das manche „Gott", manche „Allah" und manche sonstwie nennen, ohne mich auch nur im Geringsten zu kennen. Viele vermuten, ich sei ein guter Gott, der ihnen immer wieder schwere Prüfungen auferlegt, aber ich entziehe mich solchen Kategorien: Gelangweilt bin ich durch das immerwährende Werden und Vergehen und so lasse ich mich gelegentlich in dieses Fleckchen gebären, wenn auch nicht von unbefleckten Jungfrauen. Wie Menschen sich mit Computerspielen unterhalten, indem sie zu einer Person innerhalb einer Simulation werden, amüsiere ich mich mit dem vollständigen Durchleben einzelner Existenzen. Im Rahmen der Schöpfung habe ich mich damals weise darauf beschränkt, nur den Keim zu legen, damit die Entwicklung wenigstens andeutungsweise spannend bleibt.

Den Menschen fehlt die Wahrnehmung zweier Dimensionen, darum können sie weder ihren Heimatplaneten noch das Universum erfassen. Das klappt nicht einmal theoretisch, denn selbst, wer den Schöpfer als erste und letzte Ursache anerkennt, kann die Frage nach meiner Herkunft nicht beantworten. Physiker behaupten, es gebe in einem dreidimensionalen Raum-Zeit-Kontinuum einfach kein Außen, das Universum sei ein Rosinenkuchen, in dem sich beim Aufbacken die Galaxien voneinander wegbewegen, ohne dass die Teigmasse sich verändert. Allerdings sei Gott keine Rosine, sondern die Galaxien stellten die Rosinen dar. Gott befände sich außerhalb der Dimensionen und somit auch außerhalb der Zeit. Wenn man die Zeitachse gleichmäßig um einen Punkt biegen würde, sodass sie zu einem Kreis wird, hätte die Zeit keine Richtung mehr und der Mittelpunkt ist von allen Zeitachsen gleich weit entfernt und da befinde sich Gott.

Diese Theorie, so simpel und einleuchtend sie auf den ersten Blick klingen mag, ist schlicht Humbug. Die Erde ist nur ein einzelner Sonnenblumenkern, umgeben von vielen anderen Sonnenblumenkernen inmitten einer großen Sonnenblume. Irgendwann wird die Blume verblüht sein, die gereiften Kerne werden herunterfallen und aus ihnen entstehen neue Blumen mit vielen Kernen. Werden und Vergehen eben. Allerdings wird die Menschheit schon lange vorher ein Ende finden. Früher favorisierte ich dafür einen mittelgroßen Atomkrieg, aber ich werde mir bei einem schönen Glas Wein noch etwas Originelleres einfallen lassen. Nicht wenige träumen schließlich davon, in einer Kneipe zu sterben.

Tim-Gott trank sein Glas Rotwein in einem Zug leer, die Lust auf Pizza war ihm vergangen. Dann winkte er den Kellner heran, zahlte, klemmte sich die Frauenbibel unter den Arm, nickte Verena zu und verließ das *Mamma Mia*.

Ob Gott auch unter Muskelkater zu leiden hatte? Tim reckte sich und zuckte schnell zusammen, denn er konnte keine einzige Körperstelle ausmachen, die nicht schmerzte. Allein seine Haare waren gefühllos. Dafür standen sie strähnig und struppig ab und behinderten außerdem die Sicht. Ein ordentlicher Haarschnitt samt Wäsche wäre jetzt das richtige Wohlfühlprogramm.

Wieder an der Hauptstraße angekommen. Menschenleer. Kein Hupen, keine dieselnden Sattelschlepper und auch keine Spur von den brüllenden Bibelverbrennerinnen. Nach zwei endlosen Kilometern fand sich schließlich ein Friseurladen, genannt „Salon Pascale", und Tim trat durch die automatisch klingelnde Tür ein. Sechs Friseure – ausschließlich Männer – hantierten mit Kämmen, Lockenwicklern und klappernden Scheren.

„Augenblickchen, ich komme gleich zu Ihnen!", rief einer mit einem Tonfall, als wolle er eine Tunte übertrieben persiflieren.

Tim ging zur kleinen weißen Theke mit der Kasse. An der Wand hing golden eingerahmt ein vergilbter und verschnörkelter Meisterbrief, daneben ein Schild mit den angebotenen Dienstleistungen wie Waschen, Schneiden, Fönen samt den dazugehörigen Preisen. Die waren für Damen und Herren gleich hoch. Ein schmales, hohes Regal war in der oberen Hälfte dicht befüllt mit silbergrauen Shampoo-Plastikflaschen, Shampoo für trockenes, fettiges, dünnes, schuppiges, glanzloses und gestresstes Haar. Die untere Regalhälfte enthielt kleinere Flaschen mit Spülungen, Spülungen für trockenes, fettiges, dünnes, schuppiges, glanzloses und gestresstes Haar. Auf allen Flaschen war dick ‚dermatologisch getestet' vermerkt. Früher wurden solche Substanzen von Männern getestet, dachte Tim. Ob sich Frauen besser fühlten, wenn endlich auch sie gleichberechtigt Versuchskaninchen sein durften? Vermutlich.

„Was darf's denn sein, der Herr?"

„Ich hätte gern kürzere und gewaschene Haare." Mit weichen, fraulichen Bewegungen und einer angedeuteten Verbeugung wies der oberlippenbartgeschmückte Friseur auf einen freien Stuhl.

„Bitte sehr, nehmen Sie doch Platz. Darf's denn vorweg ein kleines Käffchen sein?"

„Das wäre nett!" Tim setzte sich, bekam sofort einen schwarzen Nylonumhang und einen engen Papierkragen umgelegt. Ihm wurde schnell warm darunter. Im Hintergrund spielte ein Radio *das Beste aus den Siebzigern, Achtzigern und das Tollste von heute.* Als er für einen Moment allein da saß, fielen Tim wieder die Worte der Bibel ein. Sollte er den Friseur gleich hier an Ort und Stelle niederstrecken? Oder war es notwendig, erst die ganze Stadt zusammenzutrommeln, um ihn angemessen zu steinigen? Bevor er eine fundierte und religiös einwandfreie Entscheidung treffen konnte, erschien der Friseur mit dem Kaffee.

„Bitte sehr, ich habe Ihnen auch noch ein leckeres Schokokekschen dazugelegt.“

„Danke.“ Tim nahm einen Schluck, setzte die Tasse wieder ab und einigte sich mit dem Meister der Schere auf einen praktischen Kurzhaarschnitt. Ohne Fönfestiger.

„Ich sehe hier nur lauter Männer arbeiten, gibt es denn gar keine Friseurinnen?“

„Ach, wissen Sie, so viele Frauen im Salon! Furchtbar! Entsetzlich! Das war doch nur eine bedauerliche Kriegsfolge.“

„Wieso das denn?“

„Vor dem zweiten Weltkrieg galt das Friseurhandwerk als reine Männersache – und das war auch gut so. Dann aber kam der Krieg, fast alle Männer wurden an die Front eingezogen und kehrten oft nicht wieder zurück. Irgendjemand musste die Arbeit machen und so kam es dazu, dass Frauen nachrückten.“

„Der Krieg ist aber doch schon eine Ewigkeit her!“

„Das stimmt natürlich. Die Damen haben sich aber in der Nachkriegszeit leider überhaupt nicht bewährt. Hormone! Natürlich beherrschten viele ihr Handwerk glänzend und einige verdienten auch richtig gutes Geld, aber das weibliche Konkurrenzdenken bekamen sie einfach nicht aus dem Kopf.“

„Was war denn daran so schlimm?“

„Es wirkte sich indirekt aus. Die Friseurinnen hatten immerzu Angst, eine Kundin könnte nachher viel hübscher aussehen als sie selbst. Und die Kundinnen spürten das. So, jetzt wollen wir erstmal ihr Köpfchen waschen.“ Er bog Tims Kopf sanft zurück in ein fahrbares Porzellanwaschbecken, ließ das Wasser sprudeln und testete mit der Hand ausgiebig die Temperatur. „Ist es so angenehm für Sie? Nicht zu heiß?", säuselte er.

„So kann's bleiben!"

„Feinfeinfein!" Tims Haare wurden lange und intensiv gewässert, mit kaltem Shampoo abgeschreckt und dann sehr gefühlvoll eingeschäumt. Zärtliche Kopfhautmassage. Ein erneuter Temperaturtest, dann ausspülen. Warmes Wasser lief ihm über die Stirn. Es lief ihm auch etwas davon in die Augen und viel zuviel in die Nase. Er schnaubte, beugte sich vor. Aber immer mehr Wasser lief nach, immer mehr, auch in den Mund, immer mehr, verzweifeltes Japsen half nicht. Alles umklammernde Todesfurcht. Tim hörte nur noch ein gleichmäßiges Rauschen, sah selbst mit unnatürlich weit geöffneten Augen nichts mehr, atmete pures Wasser ein und ertrank einfach. Tiefe Schwärze. Schon wieder. Unendlich warme Ruhe. Ein endgültiges Ende der Angst, ein behutsames Fortgleiten des ganzen Lebens.

Kaum erkennbar schob sich eine dunkelrote Jalousie, mit runden Aussparungen am unteren Ende, vor die Nacht. Dunkelrot, fast schwarzrot, mit einer Andeutung von Orange an den Seiten. Und zwei kleine, graue Schäfchenwolken zogen gleichmäßig von links nach rechts vorbei. Die beiden kamen immer wieder und wieder und verschwanden langsam.

In der Armbeuge spürte er einen stechenden Schmerz, der sofort nachließ, wenn er seine Hand still hielt. Immer wieder piepte etwas. Der beinahe gleichmäßig wiederkehrende Ton fand nur langsam den Weg in Tims Bewusstsein. Am Bettende, das aus matt lackiertem Stahl zu bestehen schien, deutete sich parallel zum Piepton ein winziges, rotes Blinklicht an, der Widerschein einer Diode. Rechts daneben spiegelte sich diffus ein grüner Lichtpunkt, ohne zu blinken. Grün und rot. Immer und immer wieder. Rot wie sein Puls. Plötzlich überall ein grelles, fast weißes Licht. Tim kniff die Augen zu, wollte sie mit der Hand abdecken, wurde aber vom Stechen im Arm davon abgehalten. Als er wieder sehen konnte, rückte Jennifer sein Kissen zurecht und befühlte mit dem Handrücken seine Stirn.

„Kaltschweißig", murmelte sie.

„Ich bin auch völlig fertig und am Ende, besonders diese dauernden Wadenkrämpfe sind schlimm. Könnte ich etwas Starkes gegen die Schmerzen bekommen? Und wenn es geht, auch einen Eimer voll zu trinken?" fragte er.

Jennifer reagierte nicht, sondern machte sich am Tropf zu schaffen und steckte ihm ein kaltes Fieberthermometer unter die rechte Achsel. Dann sah sie ihn traurig an und schüttelte langsam den Kopf.

„Warum denn nicht?", bettelte Tim, „Einen Riesenhunger habe ich auch, wenigstens eine kleine Banane könnte ich vertragen!" Aber Jennifer antwortete mit keinem Wort und ging einfach hinaus.

Tim hing seinem Bananentraum nach, eine gelbe Banane mit kleinen Reifeflecken tanzte vor seinen Augen.

Fünf Minuten später klingelte etwas. Jennifer kam wieder hereingelaufen, klappte seinen Arm hoch und nahm sich wortlos das Thermometer.

„Habe ich etwas falsch gemacht?" wollte er wissen. „Etwas Falsches gesagt?" Schon wieder keine Reaktion. Worte sind nichts, aber sie könnten gut tun. „Es tut mir leid!"

Sie aber summte einen alten Schlager vor sich hin, als wäre er gar nicht da. „*Weil ich ja sowieso gewinn, weil ein Mädchen bin, weil ich ein Mädchen bin.*"

„Halloo!" Nichts. Sie stellte sich absichtlich taub. Tim winkte mit dem schmerzfreien Arm, doch Jennifer tat unbeteiligt, als würde sie ihn nicht einmal bemerken. Eine grandiose Schauspielerin, sie sollte umsatteln, könnte viel Geld verdienen. Wenn er es nicht besser wüsste, würde er selbst glauben, dass er nicht zu hören war. Schweigend verließ sie das Zimmer.

Erst nach zwei langen Stunden kehrte sie zurück. Ohne ein starkes Schmerzmittel und ohne Banane, aber mit dem Arzt und mit – seinem Vater. Tim strahlte, nun würde endlich alles gut werden. Aber niemand strahlte zurück. Nur der Arzt kam auf ihn zu, beugte sich über ihn, schaute bekümmert drein. Fasste Tim an die Wange, zog ihm unsanft das linke Lid hoch und leuchtete mit einer Taschenlampe ins Auge.

„Das ist kein totes Fleisch, das lebt noch!", schrie Tim. Erlebte er diese Siuation jetzt real? Der Doktor jedenfalls stellte sich ebenfalls taub. Er ging einfach nicht auf ihn ein, sondern erklärte seinem Vater mit sanftem Tremolo in der Stimme, dass bei Licht besehen keine Hoffnung auf Besserung mehr bestehe. Gar keine.

„Wissen Sie, nach den schweren Verletzungen, nach der Knastprügelei mit inneren Blutungen und nach so vielen Jahren im Wachkoma mit künstlicher Beatmung und Ernährung bleibt nur noch übrig, Ihren Sohn zu pflegen. Er ist natürlich nicht tot. Aber er bekommt auch nichts mit. Gar nichts." Der Doktor kniff Tim in den Arm.

„Au!"

„Sehen Sie – keine Reaktion. Auch auf dem Monitor, absolut nichts."

„Wie laut soll ich denn noch schreien, Sie Knalltüte?"

Aber die drei schienen sich darauf geeinigt zu haben, nicht mit ihm, sondern nur über ihn zu sprechen.

„Ich habe einmal diesen Film gesehen", warf sein Vater ein, „das ist lange her, der Film hieß Zeit des Erwachens oder so ähnlich. Da wurden Komapatienten, die jahrelang weggetreten waren, mit einem neuen Medikament aufgeweckt. Das funktionierte!"

„Ja", seufzte der Doktor, „es funktionierte. Wir haben das Dihydroxyphenylalanin, kurz L-Dopa genannt, auch bei Ihrem Sohn angewendet, als sich seine Muskeln noch nicht verkürzt hatten. Es wirkte aber nur kurz, das ist bei diesem Medikament leider immer so. Ihr Sohn ist tatsächlich aufgewacht und wollte, wie er sich ausdrückte, den Jakobsweg gehen." Tims Vater guckte fragend.

„Ich habe ihm natürlich gesagt, dass der Jakobsweg durch Spanien verläuft und dass in seiner Verfassung an einen solchen Marsch nicht zu denken wäre", fuhr der Doktor fort, „aber Tim ging trotzdem sofort los. Wir konnten ihn nicht hindern, er war erwachsen. Nach ein paar Stunden aber erschien er frisch frisiert wieder hier, erzählte uns von einer bösen Buchhändlerin und einer Fahrt durch Fichtenwald und fiel dann in den Zustand, den wir jetzt hier sehen."

„Könnten wir es nicht noch einmal mit L-Dopa versuchen?" hakte Tims Vater nach. Aber er erntete nur Kopfschütteln.

„Wir haben keine bewusste Wahrnehmung mehr, keine Kommunikation. Nur noch in Rückenmark, Hirnstamm oder Vegetativum gesteuerte Reflexe. Das Konzept der ‚Basalen Stimulation', welches in einem integrierten pädagogischen und pflegerischen Konzept eine dem Schädigungsmuster angepasste Wahrnehmung der Umwelt und Unterstützung einfacher Körperfunktionen vermitteln sollte, ist bei Ihrem Sohn leider völlig gescheitert", dozierte der Doktor ungerührt.

„Vielleicht hört ihr mir mal zu!", rief Tim. „Ich nehme sehr wohl alles wahr, aber ihr Pfeifen schaltet auf Durchzug! Ich habe vorhin eine Pizza *Calzone* gegessen, Rotwein getrunken, war dann beim Friseur und will jetzt sofort hier raus!"

„So ein langwieriges, elendes Dahinvegetieren ohne Perspektive hätte er bestimmt nicht gewollt", flüsterte sein Vater. „Ist es nicht vielleicht doch humaner, das Beatmungsgerät abzuschalten?"

„Kommt überhaupt nicht in Frage! Er mag sein Kind und seine Mutter umgebracht haben, aber er bleibt immer noch ein vollwertiger Mensch", beschied ihn der Doktor und machte eine auffordernde Armbewegung zur Tür hin. Die drei verschwanden. Tim wendete den Ausdruck ‚Basale Stimulation' hin und her und fragte sich, wie er sich selbst einschätzen sollte. Wachkomapatienten wurden doch im Normalfall über eine Magensonde ernährt, Jennifer hatte ihm aber einen Tee gebracht – oder war das bloß Teil eines Traums? Tim schmiedete wütende Fluchtpläne und schlief darüber ein.

Er schreckte hoch und sein Herz simulierte einen ratternden Hochgeschwindigkeitszug. Jennifer stand neben dem Bett, zusammen mit einer anderen jungen Frau. Susanne? Nein. Die beiden unterhielten sich gelangweilt über seine Beatmungsparameter, erwähnten irgendwelche unvermeidbaren Spasmen und stöhnten vernehmlich, als sie ihn wendeten wie eine überdimensionale Speckbulette. Frauen schienen ihm immer dann besonders verlockend zu wirken, wenn er lange keine im Arm gehabt hatte. Sie waren wohl nur schön durch eine volle Samenblase. Tim unterließ den Versuch einer Einmischung in die Unterhaltung und war zehn Minuten später froh, wieder allein mit sich und seinem Gedankengewölle zu sein. Basale Stimulation. Geräuschlos entstieg er der harten Matratze, zog vorsichtig die Nadel aus dem Tropfanschluss im Arm, drehte den Verschluss zu und legte sie aufs Kissen. Schlich barfuß zum Kleiderschrank, öffnete ihn und las noch einmal die Informationen zur Männergesundheit. Hatte es früher nicht ausschließlich Programme für Frauengesundheit gegeben?

Zittrig zog er seine Unterwäsche an; ächzte bei den engen Strümpfen, denn die wollten sich nicht ohne Gegenwehr über die schweißnasse Haut ziehen lassen, und keuchte beim eingelaufenen Sweatshirt, das Loch für den Kopf war zu klein. Schließlich die viel zu weiten Jeans. Der Gürtelverschluss klapperte, aber das hatte niemand außer ihm gehört.

Die Zimmertür schien ihm angesichts der Schwestern als Ausweg zu riskant, daher wählte er das große Flügelfenster. Es erwies sich zwar als abschließbar, war aber zum Glück nicht verschlossen. Man schien ihm nicht einmal eine Flucht zuzutrauen. Ha!

Tim zitterte am ganzen Körper, ohne aber zu frieren. Vielleicht die Nerven. Er blickte sich noch einmal um, horchte. Waren da Schritte zu hören? Nein, nur Einbildung. Dann klappte er vorsichtig beide Fensterflügel auf, sog die frische Luft ein und sprang mit einem einzigen Satz auf den Rasen. Seine Knochen und Gelenke bedankten sich mit infernalischen Schmerzsalven und Tim blieb atemlos in der Hocke. Atmete wieder, richtete sich langsam mit verzerrtem Gesicht auf. Ohne zu schreien, unauffällig, gemessenen Schrittes ging er zum Jägerzaun und kletterte, noch immer zitternd, hinüber. Frei! Aber auch am äußersten Ende seiner Kräfte angelangt. An der Straße parkte ein weißer Mercedes-Lieferwagen mit bis zum Anschlag geöffneten Hecktüren, jedoch ohne seinen Besitzer und auch ohne Ladung.

Tim sah sich kurz um, lehnte sich dann rückwärts an die Ladekante und verschnaufte. Starke Krämpfe in den Waden zwangen ihn aber alle paar Minuten, die Beine zu belasten.

„Ja, wen haben wir denn da?" Zwei hochgewachsene Polizisten aus dem Nichts hielten ihn plötzlich fest. Einer drehte ihm die Arme auf den Rücken und fesselte ihn mit der Hamburger Acht. „Erst ein Auto stehlen, ausräumen und sich dann darin gemütlich entspannen? Sehr clever! Sie kommen mit uns aufs Revier! Können Sie sich ausweisen?"

„Aber ... das ist ein Missverständnis!", entgegnete Tim. Er wurde unsanft nach Waffen durchsucht, hatte aber keine.

„Ja, die Masche kennen wir schon: Nicht Sie sitzen in einem fremden Auto, das Sie gestohlen haben, sondern jemand ganz, ganz Böses hat es Ihnen heimlich und unbemerkt unter den Hintern geschoben. Gehen wir!"

„Ich bin rein zufällig hier und ..."

„Sparen Sie sich ihre rührende Geschichte für den Haftrichter. Denn der liebt solche Zufälle mehr als sein Leben und ist immer dann besonders milde gestimmt, wenn ihm so richtig zu Herzen gehende Märchen serviert werden! Vielleicht erzählen Sie ihm auch noch ein paar traurige Einzelheiten aus Ihrer schwierigen Kindheit? Wurden Sie vielleicht täglich vom bösen, saufenden Vater geschlagen? Ging die Mutti regelmäßig auf den Strich?"

Tim schwieg mit zusammengekniffenen Lippen und ließ sich zwischen den beiden widerstandslos zum Streifenwagen bringen. Konnte die Welt nicht wenigstens gelegentlich eine Portion Glück für ihn bereithalten? Es müsste kein ganz großes und tolles Glück sein, ein kleines Stück würde genügen. Er musste hinten sitzen, sich anschnallen.

Es roch nach neuem Gummi und abgestandenem Zigarettenrauch. Der Polizist auf dem Beifahrersitz drehte sich alle zwei Minuten nach ihm um, mit Misstrauen und unverhohlener Verachtung im Blick.

Das Funkgerät piepte und knisterte und Tim hörte knappe Einsatzanweisungen und das Funkgerät piepte erneut. Erst nach einer Viertelstunde Fahrt, im Revier angekommen, nahmen ihm die Uniformierten seine Handschellen wieder ab. Das taten sie mit routinierter Ruppigkeit und dann schoben sie ihn in einen hellgrau möblierten Büroraum zu einer langhaarigen Vernehmungsbeamtin.

„Ein Unschuldslamm für dich!", rief ihr der Polizist, der ihn nach Waffen durchsucht und der danach auf dem Beifahrersitz gesessen hatte, zu und klappte die Tür hinter sich zu.

„Ja, wen haben wir denn da?" Sie schien sich zu amüsieren. „Können Sie sich denn ausweisen?" Konnte Tim nicht. Aber die Beamtin machte einen offenen und freundlichen Eindruck und hörte sich seine Schilderungen an, ohne misstrauisch zu gucken. Dann bat sie ihn an einen Extratisch am anderen Büroende und nahm seine Fingerabdrücke ab. „Wenn wir davon welche im gestohlenen Auto finden, sieht es allerdings wirklich nicht gut für Sie aus. Sie sollten in dem Fall eine sehr, sehr plausible und vor allem nachweisbare Erklärung parat haben."

„Die habe ich jetzt schon parat", entgegnete Tim. „Ich lag die ganze Zeit in der Klinik überwacht im Bett, am Tropf. Dafür gibt es natürlich Zeugen mehr als genug, zum Beispiel den Arzt, die Schwestern ..."

„Auch das werden wir nachprüfen. Mit Ihrer Überwachung im Krankenhaus kann es allerdings nicht allzu weit her sein." Sie lächelte jetzt. „Aber ich bin schon heilfroh, wenn ich es mit männlichen Tatverdächtigen zu tun habe: Diese Fälle sind meistens viel einfacher und darum auch schneller erledigt."

„Ich bin kein Täter. Aber was genau wollen Sie mir damit sagen?"

„Mit Männern ist es noch wie früher, in der guten alten Zeit. Da galten sie als das kriminelle Geschlecht: Sie begingen Autodiebstähle, Schlägereien, Banküberfälle, Vergewaltigungen, das übliche Repertoire eben. Dann kam die Wende und mit ihr die Überlegung, dass nicht das eine Geschlecht krimineller sein kann als das andere." Sie lächelte Tim wieder an. „Die Ursache für die alte Fehleinschätzung war wirklich ganz einfach: Man hatte nur typische Männerdelikte bestraft, Frauen jedoch überhaupt nicht oder wirklich nur sehr milde. Beispiel: Während junge Männer mit Gefängnis bestraft wurden, wenn sie sowohl Kriegsdienst wie auch Zivildienst verweigerten, galt beispielsweise Abtreibung oder Kindesunterschiebung durch Frauen nicht mehr als kriminell. Und schon deshalb besaßen unsere Vollzugsanstalten eine zu gut 90% männliche Einwohnerschaft."

„Und jetzt gibt es eine ausgleichende Frauenquote im Knast? Fünfzig Prozent?", fragte Tim.

„Nicht direkt – aber wir sind tatsächlich seit einiger Zeit dabei, auch die Untaten der Frauen als solche zu beschreiben und angemessen zu bestrafen. Offen gesagt: Für einen Babywurf vom Balkon oder ermordete Kinder in der Tiefkühltruhe gibt es seit ein paar Jahren eben nicht mehr bloß Freispruch plus Kuscheltherapie am Steinhuder Meer für die Täterin." Die Beamtin redete sich in Fahrt. „Auch Umgangsvereitelung und die früher so beliebten Falschanzeigen wegen Vergewaltigung oder Kindesmissbrauch werden hart geahndet. Das Unterschieben von Kuckuckskindern gilt zwar schon seit Ewigkeiten als Verbrechen, aber heutzutage geht es für die Frau Mama eben tatsächlich einige Jahre in den Knast. Wir nähern uns der angestrebten Quote mit Riesenschritten", erklärte sie. „Andererseits haben wir die Frauenquoten in den Jobs abgeschafft. Das finde ich persönlich sehr schön, denn jetzt muss ich mich endlich nicht mehr fragen lassen, ob ich meinen Arbeitsplatz normal oder bloß auf Quote bekommen habe."

Tim kratzte sich am Kopf und behielt einen Streifen Tinte an der Schläfe zurück, machte die verlangte Aussage und unterschrieb.

Seine Fingerabdrücke fanden sich, wie ihm nach zwei Stunden mitgeteilt wurde, nirgendwo im gestohlenen Mercedes-Lieferwagen und er durfte unter der Auflage, auf jeden Fall am nächsten Morgen um Punkt neun Uhr seinen Personalausweis im Revier vorzulegen, gehen.

Er verließ mit schmerzenden Handgelenken die Wache, ärgerte sich über die hässlichen und hartnäckig klebenden Tintenreste an den Fingerkuppen. Reiben und Rubbeln half nicht, verschmierte alles bloß noch mehr. Tim hatte keine Vorstellung, wohin er überhaupt gehen sollte. Er überlegte, noch einmal eine Portion Entspannung für den gestressten Herrn bei Susanne zu buchen, aber mit schmutzigen Fingern würde er dort schlechten Eindruck machen.

Schließlich fand er sich am Marktplatz wieder. Heute war kein Markttag und nur Personenwagen parkten kreuz und quer auf dem Gelände, als hätte man sie dort vergessen. Eine Handvoll angewelkter grüner Weißkohlblätter und zwei zerschlagene Apfelkisten lagen auch noch herum. Graublaue Tauben mit grünschillernden Halsfedern liefen schnell hin und her, gurrten, plusterten sich auf und bewegten ruckartig ihr Köpfchen auf und ab. Die Weibchen beeindruckte das nicht. Sie liefen einfach weg. Offenbar war die neue Zeit an den Tieren einfach vorbeigegangen.

Gern hätte Tim sein Leben im Griff gehabt, nicht nur dieses abgehackte Huschen und hektische Springen zwischen seltsam unstrukturierten Szenen hindurch. Möglicherweise war das Leben unstrukturiert.

Kalter Qualmgeruch wie vom Holzkohlegrill biss plötzlich in der Nase. Er zog sie kraus, schnüffelte nach und entdeckte einen Haufen schwarzgrauer Asche, durchmischt mit den Resten halb verkokelter Frauenbibeln. Daneben standen Sockel und Rudiment eines zerstörten Kriegerdenkmals. Auf dem noch erhaltenen grünlichen Kupferschild las Tim, dass das Denkmal einst an den Oberstleutnant Alexander Seton und seine tapferen Soldaten vom britischen Truppentransporter HMS Birkenhead hatte erinnern sollen. Diesen vorbildlichen Helden waren beim Untergang ihres Schiffes an der haiverseuchten Küste Südafrikas angesichts knapper Rettungsboote die Worte „Frauen und Kinder zuerst" eingefallen.

Tim lehnte sich an einen alten, majestätischen Kastanienbaum. Er fand es erfreulich, dass sich die nette Polizistin dank des neuen Zeitgeists auf ihre eigene Leistung berufen konnte und sich gerecht behandelt fühlte. Allerdings konnte sie sich Leistungsfähigkeit ebenso wenig aussuchen wie andere Leute sich Schönheit, beides waren unverdiente und unverdienbare Geschenke.

„Salve, magister!", gellten helle Kinderstimmen durcheinander. Eine Schulklasse mit über zwanzig Kindern überquerte den Marktplatz.

„Salvete, discipulae et discipuli", rief der Lehrer zurück. Zwei Schüler zerrten sich an den Jacken, Tim meinte, „Ich mach' dich Krankenhaus, du Suddelsau!", herauszuhören.

„Ruhe jetzt!", griff der Lehrer ein, „wer sich schon hier draußen nicht benehmen kann, darf nicht mit ins Gruselfrauenmuseum und kehrt sofort wieder um!" Die Kinder zuckten zusammen, ließen von einander ab und beruhigten sich. Streckten sich aber noch die Zunge heraus, sobald der Lehrer wegguckte. Tim ging der gut gelaunten Gruppe, die immer wieder mit lateinischen Brocken aus Julius Cäsars „Der gallische Krieg" um sich warf, in einiger Entfernung hinterher. Vorbei an der öffentlichen Schwimmhalle, die ihren wöchentlichen Männerbadetag mit ‚Mittwoch ist Herrentag' und um die Hälfte ermäßigten Eintrittspreisen bewarb. Die Herren sollten ganz unter sich sein können, unbehelligt von weiblichem Streben nach Aufmerksamkeit.

Um ein wenig Abstand zu der Klasse zu bekommen, ging Tim etwas langsamer. Neben einem kreuzförmigen Gebäude mit großen Fenstern, das wie eine Schule von 1962 aussah, blieb er stehen. ‚Institut für Männerförderung' stand an der Eingangsmauer, daneben hing ein ursprünglich durchsichtiger, jetzt gelblich erblindeter und zerkratzter Plexiglaskasten mit Informationsmaterial. Tim griff sich einen der gebogenen Zettel und las ihn durch.

In der Tat handelte sich bei dem Kreuzbau um eine ehemalige Hauptschule. Wie früher im Rahmen der Frauenförderung üblich, hatten hier fast nur weibliche Lehrkräfte Unterricht gegeben. Die hatten jahrzehntelang Jungs bewusst schlechter benotet als Mädchen und außerdem im Laufe der Zeit die Hauptschulen zu Hilfsschulen, zu Verwahranstalten für angeblich kognitiv minderbemittelte Knaben heruntergewirtschaftet.

Das ‚Institut für Männerförderung' bot hier und an anderen Orten in ganz Deutschland den überlebenden ehemaligen Lehrerinnen-Opfern nun kostenfreie Möglichkeiten zur nachträglichen Qualifikation. Die dafür notwendigen Millionen waren von der früheren Genderforschung umgeleitet worden.

Tim zerknüllte den Zettel und kickte ihn weg. Wie sich die Zeiten doch änderten. Er sah noch einmal zur Schulmauer hoch, sie war mit einem schon fast verblassten Graffito beschriftet: ‚Der Gott, der Eisen wachsen ließ, der wollte keine Knechte, drum gab er Säbel, Schwert und Spieß dem Mann in seine Rechte!'

Tim ging weiter und schloss wieder zu der Schulklasse auf. Nach knapp zwanzig Minuten erreichten sie tatsächlich ein bestimmt hundert Jahre altes, rot verklinkertes Gebäude, das mit seiner länglichen Form und seinem wellenförmigen Dach an ein ehemaliges Straßenbahndepot erinnerte. Möglicherweise hauste seit einer Ewigkeit Schwamm in dem Gemäuer und die unglücklichen Eigentümer wussten noch gar nichts davon. Auf der in hochglänzendem Lila lackierten Doppeltür mit überdimensionierten Frauensymbolen als Türgriffen stand, ebenfalls in lila Lettern geschrieben, „Feminismusmuseum". In Klammern dahinter, in etwas kleineren Buchstaben „Gender-Mainstreaming-Ausstellung".

Der Eintritt für Männer und Kinder war frei, es durfte aber Geld für die geschädigten und noch immer Not leidenden „Opfer des feministischen Wahns" in eine graue Metalldose gespendet werden. Im Eingangsbereich schallte den Besuchern der Schlager „*Männer sind Schweine*" entgegen. Tim hielt sich jetzt dicht hinter den Schülern. Sie durchquerten einen transparenten, einen Meter dicken und zwei Meter tiefen Panzerglas-Türbogen, der bis oben hin mit Wasser und Hunderten kleinen Fischen gefüllt war. Mit grauschuppigen Guppyweibchen – ohne ein einziges Männchen. „*Ich sprühs an jede Wand: Neue Männer braucht das Land"*,sang Ina Deter aus altersschwach krächzenden Lautsprechern.

In einer Glasvitrine lag, von Halogenspots angestrahlt, die lila Erstausgabe von Alice Schwarzers Buch „Der kleine Unterschied und seine großen Folgen". Daneben hing ein echter behördlicher Unterhaltsfestsetzungsbescheid aus dem Jahr 1998, der den geschiedenen Ehemann zwang, für seine ehemalige Angetraute monatlich so viel zu bezahlen, dass er selbst nur noch auf dem Niveau staatlicher Unterstützung leben konnte. Zusätzlich zum Hauptberuf musste er laut Gerichtsbeschluss einen Nebenjob annehmen, um im Rahmen seiner erhöhten Erwerbsobliegenheit mehr Unterhalt zahlen zu können. *„Wer die menschliche Gesellschaft will, muss die männliche überwinden"*, forderte ein Grundsatzprogramm der SPD.

Der Lehrer rief seine Schützlinge zusammen und berichtete von einer alten UNO-Konvention, derzufolge planmäßige Männerbenachteiligung als „zeitweilige Sondermaßnahme" weltweit in Ordnung gewesen war und nicht als Diskriminierung angeprangert werden durfte. Positive Diskriminierung nannte man das.

Tim schlenderte zur Fernsehecke mit der Aufschrift „Tatortin", um sich einige Szenen der Fernsehkrimiserie Tatort anzusehen. Zuerst sah er kurze Werbefilme, wie sie in den Jahren nach der Jahrtausendwende üblich waren. Acht selbstsichere und resolute Frauen schoben ihren Einkaufwagen, in dem jeweils ein Schlaffi von Mann saß, den sie an der Flaschenannahmestelle abgeben wollten. Im nächsten Spot saß eine Frau auf einer Klippe und trank Kaffee. Ein freundlicher Mann trat heran und regte an, sie möge sich doch etwas wünschen. Antwort: „Das habe ich schon" – worauf er die Klippe herunterstürzte und sie weiter lächelnd Kaffee trank.

Für eine Modefirma trat eine junge Dame einem Mann ohne Anlass in den Schritt.

Dann begann der Tatort: Eine toughe Kommissarin stellte ihre männlich-trotteligen Kollegen mit überlegen-weiblicher Ironie bloß und legte in der nächsten Einstellung ganz allein eine bizepsbepackte Rotlichtgröße mit zwei Handgriffen aufs Kreuz. Tim lachte auf. Vermutlich waren sich die Frauen ihrer Schwäche bewusst gewesen und betonten deshalb bei jeder Gelegenheit ihre Oberhoheit. Wenn nicht der Mann dümmer und kleiner wäre als sie, wer denn dann?

An der Wand klebte ein historisches Originalplakat mit dem Slogan „Mein Bauch gehört mir!" Der Lehrer bemerkte, dass Frauen damals zwar allein die Entscheidung über das Leben des Nachwuchses hatten treffen wollen, dass sie die daraus erwachsende Verantwortung aber abgelehnt hätten. Eine Abtreibung, wenn die Schwangere sie gewollt hatte, hätten seit der Straffreiheit andere finanzieren müssen. Im Falle der Geburt war der Vater des Kindes gezwungen gwesen, Unterhalt für Mutter und Kind zu zahlen. Die Schüler schauten ungläubig. Tim kannte das schon aus Jennifers Erzählungen.

„Es war über lange Jahre wirklich so", bekräftigte der Lehrer, „wenn eine schwangere Frau gegen den Willen ihres Partners dessen Nachwuchs abtreiben wollte, konnte der überhaupt nichts dagegen tun. Wollte sie aber das Kind gegen seinen Wunsch gebären, durfte er ebenfalls nicht mitentscheiden, sondern nur für die Folgen aufkommen. Heute haben wir endlich die Regelung, dass derjenige Verantwortung trägt und zahlt, der entscheidet. Da bekanntlich keine Frau gegen ihren Willen ein Kind bekommt, zahlt sie auch." Er grinste. „Natürlich wird keinem Mann bei Strafe verboten, für Frau und

Kind zu sorgen. Die neuen Regelungen haben dazu geführt, dass heute mehr Menschen in glücklichen Beziehungen leben und dass die Gerichte viel weniger Scheidungen aussprechen."

Es wäre jetzt an der Zeit, überlegte Tim, die Heranwachsenden wissen zu lassen, dass zum Kindermachen zwei Menschen gehörten.

„Natürlich", meinte der Lehrer, „gehören zum Zeugen von Kindern immer zwei." Na bitte! „Auch damals", fuhr er fort, „wurde selbstverständlich kein Mann zum Heiraten gezwungen und hätte sich einfach sterilisieren lassen können. Aber viele Männer wollten nicht nur wegen des feministischen Zeitgeists an sich herumschneiden lassen. Hinzu kam, dass fast alle Jungen von ihren Müttern dazu erzogen worden waren, Frauen zu vertrauen. Anderenfalls wären sie nicht mehr wert als ihre Väter, nämlich beziehungsunfähige Egomanen. Das mütterliche Märchen endete immer mit dem Satz ‚*Dann war das Mädchen schwanger, der Mann hatte seinen Spaß gehabt und war über alle Berge.*' – als hätte es keine Vaterschaftstests und keine Unterhaltsgesetze gegeben. Die reale Düsseldorfer Tabelle dagegen, aus der sich der zu zahlende Unterhaltsbetrag ergab, existierte nicht in diesen Märchen, denn Söhne waren als Zahlsklaven für Frauen fest eingeplant."

Die Gruppe bewegte sich weiter voran, Tim hinterher. Durch einen Flur, der mit Fotos und Originalmanuskripten der Französin Simone de Beauvoir und ihrer Losung „*Als Frau wird man nicht geboren, zur Frau wird man gemacht*" gewidmet war.

Eine breite, geschwärzte Plexiglas-Schwingtür öffnete sich automatisch. Aus dem Dunkel sprang den Besuchern eine überlebensgroße, dunkel gelockte Monsterfrau aus Pappmaché entgegen. Der Aufschrift nach sollte es sich um eine Nachbildung der im Jahre 2005 verstorbenen Frauenrechtlerin Andrea Dworkin aus Amerika handeln.

„Ich möchte einen Mann zu einer blutigen Masse geprügelt sehen, mit einem hochhackigen Schuh in seinen Mund gerammt wie ein Apfel in dem Maul eines Schweins", rief die fette Pappdame immer wieder durch den Saal. Offenbar war das zu Lebzeiten einer ihrer Kernsätze gewesen. Eine von der Decke baumelnde Laufschrift in Rot wiederholte ununterbrochen das Dworkinsche Motto „Terror strahlt aus vom Mann, Terror erleuchtet sein Wesen, Terror ist sein Lebenszweck".

Der Lehrer schob seine Schützlinge, denen der Sinn nach Rangeleien und Krankenhaus-Machen vergangen war, weiter vorwärts. Eine Stellwand zeigte das Foto einer lächelnden Frau Bobitt, die nicht bestraft worden war, obwohl sie ihrem Mann den Penis im Schlaf abgeschnitten hatte – das Gericht vertrat damals die Meinung, dass weibliche Notwehr gegen einen schlafenden Mann durchaus möglich und keinesfalls heimtückisch sei. Direkt darunter fand sich eine Äußerung zu diesem Gerichtsurteil von Alice Schwarzer aus einer 1994er Ausgabe der damaligen Frauenkampfschrift *Emma*, die der Lehrer laut vorlas:

„Sie hat ihren Mann entwaffnet … Eine hat es getan. Jetzt könnte es jede tun. Der Damm ist gebrochen, Gewalt ist für Frauen kein Tabu mehr. Es kann zurückgeschlagen werden. Oder gestochen. Amerikanische Hausfrauen denken beim Anblick eines Küchenmessers nicht mehr nur ans Petersilie-Hacken. … Es bleibt den Opfern gar nichts anderes übrig, als selbst zu handeln. Und da muss ja Frauenfreude aufkommen, wenn eine zurückschlägt. Endlich."

Den nächsten Raum beherrschten atemberaubende Patschuli-Räucherstäbchen, schlichte Gitarrenklänge und der Sinnspruch „Eine Frau ohne Mann ist wie ein Fisch ohne Fahrrad".

Hunderte hautfarbener Vibratoren, solche in rot und schwarz und mit und ohne Noppen sowie silberglänzende, chinesische Liebeskugeln bewiesen die Entbehrlichkeit von Männern in allen Lebenslagen. Die Kinder tobten jetzt wieder herum und prusteten. Liebevoll in Schönschrift beschriebene Tapeten erzählten alte feministische Witze der Marke „*Was ist ein Mann im Säurebad? Ein gelöstes Problem*".

Tim hatte genug gesehen und verspürte außerdem Hunger. Er folgte daher den grünen Hinweispfeilen ins angeschlossene französische Bistro. Als er dort aber eine Küchengehilfin in blutverschmierter Schürze mit einem Petersilienhackmesser hantieren sah, verging ihm doch der Appetit und er fand sich im Zeitraffer an der Marktplatz-Kastanie neben dem zerstörten Frauen-und-Kinder-zuerst-Denkmal wieder.

Schräg gegenüber stand ein quadratischer, plakatbeklebter Betonklotz mit Flachdach, der im Erdgeschoss einen Hi-Fi-Händler und oben ein kleines Magazinkino beherbergte. Gezeigt wurden den ganzen Tag über alte, anspruchsvolle Filme in der Originalsprache mit deutschen Untertiteln. Tim löste, als Mann, eine Karte zum halben Preis. Hoffentlich nicht schon wieder die allgegenwärtige Feminismus-Anprangerung.

Was mochte Männer, die sich seit Jahrtausenden als Frauenunterdrücker und Ausbeuter betätigt hatten, dazu bewogen haben, beim Aufkommen des Feminismus plötzlich mit Unterdrückung und Ausbeutung aufzuhören?

Starke Frauen? Emotionale Intelligenz? Soziale Kompetenz? Andererseits: Wenn der Feminismus tatsächlich am Ende gesiegt hätte, hätte es im Kriegsfall niemandem mehr etwas ausgemacht, feindliche Frauen abzuknallen. Jedenfalls nicht mehr, als Männer zu töten.

Der Film hieß *Down By Law* und hatte tatsächlich ein anderes Thema. Er spielte auch ganz weit weg, im tiefsten Louisiana, wo zwei Verlierer, die auch wie echte Verlierer aussehen, sich plötzlich zusammen in einer winzigen Gefängniszelle wiederfinden. Eines Tages wird ein lautstarker und kaum englischsprechender Italiener zu ihnen in die Zelle gesteckt, die Stimmung zwischen den Insassen ändert sich. Dann folgt ein Gefängnisausbruch, nach und nach trennen sich die Wege der Männer. Originellerweise war in schwarz-weiß gedreht worden. Und am Anfang des Films hatte der Regisseur ausführlichst eine nackte Frau avantgardistisch ins Bild gerückt. So etwas würde geübten Cineastinnen und Cineasten ordentlich zu denken geben, vermutete Tim. Allein die Szene im Gefängnis: Der Italiener ist dort gelandet, weil er jemanden mit einer schwarzen Billardkugel erschlagen hat, wie er stotternd erzählt. Es folgt Wortwitz: *I scream, you scream, we all scream for ice cream.* Spannender wäre gewesen, einfach die einhundertzehn Minuten lang auf die quadratischen Stuckelemente der angegrauten Kinodecke zu starren. Oder um die Ecke zur nächsten Apotheke zu gehen, um sich deren Schaufensterdekoration mit den allerneuesten Geriatrika und Stützstrumpfhosen anzusehen.

Tim kämpfte sich aus dem Sessel, ging die Treppe hinunter, blätterte noch eine Weile uninteressiert in der countrymusiclastigen CD-Sammlung des Hi-Fi-Händlers und versammelte sich wieder um seine Denkmal-Kastanie. Der Bibel-Scheiterhaufen lag immer noch da. Tim starrte ihn an. Die Frauen schienen sich mit der neuen Geschlechterordnung bestens arrangiert zu haben. Vermutlich hatten sie jetzt weniger Geld in der Kasse als früher, dafür aber auch keinen Stress mit nervenden Vorgesetzten und anspruchsvollen Kunden. Andererseits verdienten die Männer mangels weiblicher Konkurrenz deutlich mehr und den Familien ging es gut. Frauen wollten doch schon immer lieber Kinder bekommen und mit ihren Freundinnen beim Latte macchiato in der Einkaufspassage plaudern statt einer anstrengenden Erwerbsarbeit nachzugehen – und Zufriedenheit war auch schon immer mehr wert gewesen als Geld. Vermutlich lag in der verbreiteten Kinderlosigkeit und dem damit verbundenen Gefühl von Sinnlosigkeit die Ursache für das Aufkommen des Wie-Männer-sein-Wollens. Hatte nicht sein Großvater schon gesagt, dass jede Frau mindestens eine Handvoll Kinder und ein paar Schweine zum Hüten bräuchte, sonst käme sie auf dumme Gedanken? Zu dessen Zeit gab es allerdings kaum kinderlose Frauen und Tim hätte wirklich interessiert, woher der alte Herr seine Weisheit genommen hatte.

Um die Jahrtausendwende war die Filmkomödie „*Was Frauen wollen*" gedreht worden, aber hatte sich schon einmal jemand ernsthaft dafür interessiert, was Männer wollen? Tim wünschte sich, wie es sich für einen richtigen Kerl gehörte, an einem Lagerfeuer im Wald zu sitzen. Ganz weit weg vom Denkmalrest, von diesem Marktplatz. In erster Linie an einen stillen Ort, an dem nur das Lagerfeuer ein Recht hatte, leise vor sich hinzuprasseln. Dort, wo er ganz Mann sein durfte und mit anderen ganzen Kerlen schweigsame Männergespräche führen konnte, ohne von weiblichen Textabsonderungseinheiten vollgeplappert zu werden.

Denkmäler haben die erfreuliche Angewohnheit von Sitzbänken in der Nähe und so war es auch hier. Ein gelblich-verblichenes Oktavheft, ziemlich fleckig und verknittert, lag auf der Bank. Tim ergriff es mit spitzen Fingern. Es enthielt religiöse Texte von Ahmadiyya-Muslimen, die unter anderem konkrete Hilfestellung bei Eheproblemen boten. Die Frau durfte studieren und arbeiten, aber nur mit Zustimmung des Mannes. Außerdem sollte es dem Mann gestattet sein, als äußerste Maßnahme zur Wiederherstellung des Ehefriedens seine Frau durch eine leichte körperliche Bestrafung zur Vernunft zu bringen. Hinweise auf den Umgang mit Schwulen fehlten leider. Vielleicht gab es keine homosexuellen Muslime.

Tim überfiel schon wieder die tiefe Sehnsucht nach traumlosem Schlaf. Er war wohl doch kein allmächtiger Gott. Er war eher ein vor Monaten in einer zweifelhaften Gegend angekettetes Fahrrad, dem zuerst die Räder, dann der Lenker, die Lichtanlage, die Schutzbleche gestohlen worden waren und dessen immer noch angeketteten, ehemals grünen Rahmen braunrote Rostflecken gemächlich zerfraßen. Tim setzte sich, machte sich mit angewinkelten Beinen lang, gähnte bis zum Anschlag. Das Traktat missbrauchte er als Kopfkissen. Den erhofften Schlaf bekam er schnell, aber keinen ohne Traum. Er lag auf dem Rücken, festgezurrt in einem Klinikbett. Plötzlich überall ein grelles, fast weißes Licht. Tim kniff die Augen zu, wollte sie mit der Hand abdecken, wurde aber vom Stechen im Arm davon abgehalten.

Eine schwarzgelockte Frau mit großen Brüsten, blauem Eimer und Besen stapfte ins Zimmer. Sie sah ihn an, sah durch ihn hindurch, sah ihn nicht. Die Frau sprach kein einziges Wort, fegte statt dessen mit müder Leidensmiene den Fußboden, als würde sie schon seit Jahrzehnten nichts anderes tun und wischte ihn danach feucht auf. Tim versuchte mehrmals, sie anzusprechen, aber das war unmöglich – seine Lippen verkrampften sich und er bekam nicht einmal die Andeutung eines Krächzers heraus. Er fühlte sich erstarrt und vermochte es nicht, seinen Blickwinkel zu verändern. So oder so ähnlich musste sich ein Wachkoma anfühlen. Die Putzfrau summte plötzlich eine türkische oder kroatische Weise vor sich hin. Das war kein Ohrenschmaus. Dann putzte sie noch das Bettgestell und den Nachtschrank oberflächlich ab, sammelte ihre Utensilien zusammen und knallte die Tür hinter sich zu.

Eine Stunde später wurde die Tür wieder aufgerissen und zwei Zivildienstleisterinnen oder Krankenschwestern betraten den Raum.

„Na, lebt unser Spasti immer noch?"

„Leben würde ich seinen Zustand nicht nennen wollen. Aber was soll's, es ist unser Job, ran an den Braten!"

Sie machte sich an den Schläuchen in seinem Arm und in seiner Nase zu schaffen und Tim wurde von den beiden wie ein gestrandeter Wal gepackt und mit Hauruck ins Nebenbett gewuchtet. Dann bezogen die Damen sein Bett mit geübten Handgriffen frisch.

„Ganz schön viel Aufwand für so eine stinkende Kackmaschine! Und hau ruck!" Tim lag wieder im alten Bett, regungslos. Eine der Schwestern holte eine emaillierte Wasserschüssel und seifte einen Lappen ein. Damit fuhr sie ihm grob übers Gesicht, eiskalt. Tim bibberte, obwohl große Flächen seiner Haut taub waren. Mit schief gelegtem Kopf reinigte Schwester Grausam noch oberflächlich seine Ohren und den Hals. Dann folgte, mit neuem kalten Wasser, der gesamte Rest des

Körpers, ohne dass Tim zur Vermeidung einer Erektion an kaltes Bier oder fette Vogelspinnen denken musste. Entspannungsmusik und Küsschen gab es auch nicht.

Tim fand die ganze Situation unfassbar und surreal. Er hätte einen Kinofilm mit so plump patientenfeindlich auftretenden Krankenschwestern sofort verlassen – die Szene wäre ihm zu konstruiert und unglaubwürdig erschienen. Medizinisches Personal verhielt sich im wirklichen Leben nicht derart unprofessionell und besonders Frauen waren sich niemals einig. Wenigstens eine der Schwestern hätte seine Partei ergreifen, ein liebes und gutherziges Mädchen sein müssen. Und sich in den kranken Hauptdarsteller Hals über Kopf verlieben sollen. Daran dachte aber keine der beiden.

„Alles an dem Schwachkopf ist verkrampft", schimpfte die eine, „das nervt mich tierisch!" Sie bekam Tims verkrampfte Beine auch nach drei Versuchen nicht unter die Decke.

„Mit Gewalt geht alles", antwortete die zweite und half, die Beine zu bedecken und sie dabei fast zu brechen. Tim hätte, trotz reicher Erfahrungen auf diesem Gebiet, solchen Schmerz nicht für möglich gehalten, aber schreien konnte er nicht. Er hielt sich gerade noch diesseits einer Ohnmacht. „Das wird der Kerl auch selbst wissen, schließlich ist er ein verurteilter Mörder."

Damit donnerte sie ihm eine Pferdespritze in den Oberschenkel, wohl gegen Thrombosen. „Zu ärgerlich, dass er im Knast nicht ganz totgeschlagen wurde, jetzt haben wir ihn hier jahrelang am Hals. Ich finde, man sollte ihn für Organspenden verwenden, dann wäre er wenigstens nützlich."

„Wer will denn schon mit Organen von einem Mörder herumlaufen?"

„Muss man ja niemandem erzählen. Und einer Leber oder einem Herzen ist das Böse von außen nicht anzusehen."

„Stimmt auch wieder. Und ein Teil der Kosten würde reinkommen. Allerdings ist nicht alles von dem Blödmann verwendbar. Guck dir nur diese widerlich feisten Pausbacken an!" Brutal kniff sie Tim in die Wange und der – wachte davon auf.

In der Küche. Er stand neben der Spüle und mahlte sich seinen Lieblingskaffee. Selten machte sich heutzutage jemand noch die Mühe, Kaffee mit der eigenen Mühle zu mahlen. Die seelenlosen Vakuumverpackungen, in denen Kaffeepulver massenweise offeriert wurde, lagen voll im Trend und daher leider zuhauf in den Supermarktregalen. Auch sein Kaffeegeschäft, stolz auf kenianische Spezialitäten, mahlte teure Köstlichkeiten für die Kaffeemaschine vor. Tim erschloss sich nie, weshalb Menschen sündhaft teure Kaffeespezialitäten erwarben und diese im Geschäft mahlen ließen, um sie dann im heimischen Kaffeeautomaten mit Brühstopp und Tropfverschluss zu entwürdigen. Frische Bohnen kaufen, selbst mahlen und in einem Porzellanfilter handbrühen. Danach der heiße Genuss – so machte man das! Kaffee mit Sahne war ein Getränk für Frauen, die kurz vor der Schnabeltasse standen. Tim schüttelte sich. Es gibt absonderliche Kreationen, dachte er, Kaffee *Hazelnut* oder Kaffee mit *Baileys*. Dann füllte er kochendes Wasser in den Porzellanfilter mit der besonders starken Pulvermischung.

Ein Klingeln an der Haustür – das bestellte Taxi. Er hatte es ganz vergessen. Tim kratzte sich kurz am Sack, riss einen Mantel von der Garderobe, warf ihn über und ließ sich zur Vernissage kutschieren.

Sein Fahrer war ein schnurrbärtiger, schweigsamer Geselle mit mürrischem Gesichtsausdruck. Deshalb traute sich Tim auch nicht, ihm einen Besuch im Friseursalon ‚Pascale' zu empfehlen, obwohl die fettglänzenden, strubbelig abstehenden Haare danach lechzten. Im Autoradio dudelte ein Sender mit gut gelauntem Moderator, der vermutlich unter chronischem Dauergrinsen litt. Dazwischen waren nur gelegentlich das Piepen und Knacksen des Funkgeräts und die weiblichen Durchsagen der Taxizentrale zu hören.

In der Galerie angekommen wurde er mit spanischem *Cordonu-Sekt* empfangen und von unbekannten Menschen geherzt und auf die Wangen geküsst. Viele ältere, gebräunte Frauen standen mit ihren Gläsern in der Hand herum. Sie hatten sich über die Maßen geschminkt und mit dicken Ringen an fast allen Fingern geschmückt. Einige der Damen wirkten maskenhaft starr, als hätten sie sich die Gesichtshaut zum Sonderpreis liften lassen. Sie gickerten wie Schulmädchen auf dem Abtanzball, der Sekt tat seine Wirkung.

Tim fühlte sich fehl am Platze, ging aber, weil er dieses Gefühl mittlerweile gut kannte, tapfer weiter. Ein quadratisches Gemälde fiel ihm ins Auge, etwa drei mal drei Meter groß. Das Bild besaß keinen Rahmen und war auf ganzer Fläche einfarbig rot mit Ölfarbe bemalt. Ein kleines Schild wies darauf hin, dass der zeitgenössische Maler sein Werk „Rot" genannt hatte und es für zweiundzwanzigtausend Euro verkaufen würde. Tim fand die Bildbezeichnung enorm treffend und schlenderte auf eine Plastik zu, die mitten im Raum stand. Offenbar hatte der Künstler eine indische Teekiste unsanft mit der Axt bearbeitet, dann fünf currygelb lackierte Mercedes-Sterne an die Seiten genagelt und zum Schluss eine nackte Sexpuppe aus fleischfarbenem Vinyl auf die Kiste drapiert. „Versuch über die Freiheit" hieß das Werk und es war für nur siebentausendsechshundert Euro zu haben. Tim sah sich den roten, weit geöffneten Mund der Puppe an, trank seinen Sekt in einem Zug aus, rülpste und knallte das leere Glas auf die Freiheitskiste. Dann nahm er seinen Mantel und wollte sich auf den Heimweg machen, erwischte jedoch die falsche Tür. Die führte ihn nicht nach draußen, sondern in einen für die kleine Galerie viel zu großen, aber gut besuchten Festsaal.

Eine weißhaarige, traurige Dame stand an einem Rednerpult und bat mit zittriger Stimme um Gehör. Tim erstarrte. Das hatte er doch gerade erst erlebt! Die Frau dankte allen Mitgliedern, Gästen, dem Bundesverband der AF, dem Landesverband Bremen, dem Landesverband Sachsen-Anhalt, dem Landesverband Mecklenburg-Vorpommern und dem zweiten Vorsitzenden des Landesverbandes Hessen. Der stand lächelnd auf, verbeugte sich artig und löste die Dame handschüttelnd ab.

„Ich bin der Martin ...". Er stockte und starrte auf seine Vorrednerin, die in der ersten Sitzreihe Platz genommen hatte. Sie nickte ihm aufmunternd zu. „Also, ich bin der Martin", begann er von neuem, „und ich, ich bin ... ich bin ein Feminist!" Begeisterter Beifall brandete auf, Tim sprang zurück und donnerte die Tür zu. Irgendetwas lief hier nicht rund! Absolut nicht rund! Jemand hatte sein Sektglas auf der Sexpuppen-Kiste wieder bis zum Rand aufgefüllt. Eine nette Geste.

Tim trank es hastig aus, rülpste erneut und fand diesmal problemlos den richtigen Weg zum Ausgang. Nichts wie mit dem Taxi nach Hause und eine Mütze voll Schlaf!

Ein Taxi fand sich schnell, es wartete vor der Galerietür. Die Mütze Schlaf wollte sich aber um keinen Preis einstellen, so sehr er sich auch Mühe gab. Tim drehte sich um, drehte sich wieder zurück, zerknüllte das Kissen zu einem unförmigen Wurstwulst, drehte sich erneut, warf sich hin und her und schlief nach Stunden endlich ein.

Kleine Wellen schlugen gleichmäßig ans seichte Ufer. Er sah seinen Vater am Strand auf einer Hängematte zwischen hohen Kokospalmen liegen, einen roten Cocktail mit abgeknicktem Strohhalm und rot-weiß gestreiftem Papierschirmchen in der Hand. Drei andeutungsweise bekleidete, dunkelhäutige Schönheiten mit schulterlangen Haaren und Beinen fächelten ihm mit großen Palmwedeln langsam Kühlung zu. Tim aber spürte – Angst. Furchtbare Angst, die sich in alle Richtungen ausbreitete und nicht aufhörte. Für die es an diesem beschaulichen Strand keinen Anlass gab, die aber trotzdem alles dominierte und seinen Herzschlag wieder auf Hochtouren jagte. Millimeterhohe Wellen. Papierschirmchen.

Er brauchte jetzt eine warme Hand, die ihm beruhigend über den Kopf streichelte. Aber da war keine Hand. Mit dem Piepen des Weckers endete der Traum schlagartig. Nur die unverdaulichen Reste seiner Angst blieben noch hartnäckig kleben. Tim zielte atemlos mit dem Kissen auf den Wecker, traf allerdings nicht. Nun hatte er kein kuscheliges Kissen mehr und stand murrend auf. Wie konnte er sich nur unmännlich ängstigen, ohne dass ihm tatsächlich eine Gefahr drohte?

Vielleicht, überlegte er, könnte ihm ein spontaner Besuch im Gefängnis helfen, die vielen kleinen Gedächtnissplitter zu einem sinnvollen Ganzen zusammenzufügen oder wenigstens bewirken, sie um eine Nuance aufzuhellen. Einige der Mitinsassen würden sich sicher über seinen Besuch freuen, und sei es nur, weil ihr streng reglementierter Alltag sonst kaum Abwechslung zu bieten hatte.

Tim griff nach seinem Mantel und erwog, ein Taxi zu rufen. Dann fiel ihm der mürrische Fahrer von der vorletzten Fahrt ein und machte sich auf den Weg zur Bushaltestelle.

„Dein Papi wird dir von der Arbeit bestimmt etwas Schönes mitbringen!"

Tim saß im schaukelnden Linienbus einer brünetten Frau gegenüber. Ihr etwa fünfjähriger Sohn, zu dem sie gesprochen hatte, mampfte mit Hingabe an einer mittelgroßen Galaxie in Form eines Stückchen Rosinenkuchens – die Zeitachse war bereits vertilgt und das Thema Gott damit schon erledigt. Auf dem Arm trug die junge Frau ein friedlich schlafendes Kleinkind im rosa Strampelanzug mit Kapuze.

Sie selbst strahlte schläfrige Ausgeglichenheit und Zufriedenheit aus, eine beinahe ansteckende Zufriedenheit. Als würde ihr höchstes Lebensglück darin bestehen, die Kinder nach Kräften zu umsorgen und mit ihnen zusammen zu sein. Als würde sie es überhaupt nicht viel erfüllender finden, echte Befriedigung und Anerkennung beim Vollzeitjob an der Supermarktkasse oder bei Wind und Wetter als Gerüstbauerin zu finden.

Sein eigenes Baby, den kleinen Malte, hatte er damals auch im Arm gehalten und ihm die weiche Haut der Wange gestreichelt. Tims Augen fühlten sich eine Spur nasser an als sonst, aber er weinte nicht. Malte musste er damals töten, um ihm ein Leben mit schwersten Behinderungen zu ersparen. Das war entsetzlich und ungesetzlich gewesen. Aber auch im Rückblick hielt er seine Entscheidung, die damals nicht leicht gefallen war, für völlig richtig. Mannsein bedeutete eben immer auch aktives Handeln samt konsequentem Einstehen für die Folgen. Der Mann als Macher. Das Gericht hatte ihn zur Verantwortung gezogen, weil er sich zum Herrn über Leben und Tod aufgeschwungen hätte. Für das Wohl seines Kindes fand er den Preis angemessen, auch wenn Tim seinen Sohn lieber geheilt statt umgebracht hätte.

Tims Stimmung hellte sich ein bisschen auf, als er an das winzige und niedlich grunzende Baby dachte, das ihm ‚Dienerin' Susanne unerwartet in den Arm gedrückt hatte. War das schon Jahre oder erst ein paar Sekunden her? Er wusste es nicht. Tunnelblick-Leben.

Tim sah sich die Mutter genauer an. Durchschnittlich hübsch. Volle Lippen, weiche Züge, wenn auch kein Model für den Laufsteg. Ehering. Offensichtlich waren Frauen doch schon vom Äußeren her dazu gemacht, Männer anzulocken und vom Körperbau her dazu gedacht, Kinder zu bekommen. Und nicht etwa dazu, wie abenteuerlustige Männer die gefährliche Welt zu erobern, das Futter zu erkämpfen und ins Haus zu schaffen.

Ein Blick in ihr Gesicht zeigte Tim mehr als jeder wissenschaftliche Beweis, dass Frauen sich dann am wohlsten fühlten, wenn sie sich ganz einfach so verhalten durften, wie es ihre Biologie vorsah. Wie Hühner, die auf dem Biobauernhof nach Körnern oder Braunhirse herumpicken, viel glücklicher wirken als gestresste Arbeitshühner in hocheffizienten Legebatterien. Tim pulte mit dem Fingernagel an der Gummidichtung der Fensterscheibe herum. Hartes Zeug.

Was aber sollten Frauen tun, die schon zu alt waren, um Nachwuchs zu gebären? Die könnten junge und unerfahrene Mütter unterstützen. Durch den Wegfall der Arbeiterinnen und den dadurch entstehenden Arbeitskräftemangel würden auch gering qualifizierte Männer endlich genug verdienen, um eine Familie zu ernähren. Und kinderlose Frauen? Die gingen am besten ins Kloster. Oder, ehe sie den Verlockungen bunter Tarotkarten oder heilender Steine zum Opfer fielen, zu Uschi und Susanne in den Massagesalon.

Bevor Tim weitere Problemlösungen ins Auge fassen konnte, kam sein Ziel in Sichtweite, er drückte auf den roten Stoppknopf an der Haltestange und erhob sich. Nicht, ohne noch einen langen Blick auf diesen Traum einer kleinen, heilen Familie zu werfen.

Tatsächlich ließ man ihn in der trutzigen Vollzugsanstalt sofort ein und er durfte ohne Formalien am Freigang im grauen Innenhof teilnehmen. Tim überlegte noch, worauf dieser Mangel an Bürokratie zurückzuführen sein konnte, als er auf Oliver traf, einen glatzköpfigen Mann mit graugescheckttem Bart und schmutzigen Fingernägeln. Oliver hatte im Alter von neunzehn Jahren geheiratet, weil seine Freundin das so wollte, wegen der Religion. Nach und nach waren dann vier Kinder gekommen. Der Freundin stand kurze Zeit später aber der Sinn nach mehr Freiheit und Selbstverwirklichung und Leben und Karriere und Tanz. Sie trennte sich im Zorn, warf ihm Machotum vor, nannte ihn ein elendes Schwein, zog zu ihrem neuen Liebhaber, verhinderte jeglichen Umgang mit den Kindern. Oliver sollte Unterhalt für sie und die Kinder zahlen. Das tat er jedoch nicht, sondern kündigte den Job und saß nun wegen fortgesetzter Unterhaltsverweigerung im Knast.

Allerdings wurde das Verfahren gerade wieder aufgerollt, weil nach den neuen Gesetzen weibliche Wünsche nicht mehr wie früher mit dem Kindeswohl identisch waren und Verleumdungen von Vätern nicht mehr höchstens als Kavaliersdelikt galten, sondern tatsächlich unter Strafe gestellt wurden.

„Tja", seufzte Oliver, „Frauen denken eben nicht, sie hormonen bloß." Mit dem Rand seiner Schuhsohle malte er kleine und große Zickzackmuster in den dunkelgrauen Sand, hob den Kopf und sah zum Himmel auf.

„Und was geschieht nun mit deinen Kindern?", fragte Tim.

„Alles wird gut! Madame hat mich in der letzten Woche zum ersten Mal mit den Kleinen besucht. Sie möchte gern, dass wir bald wieder eine richtige Familie sind, uns eine große Wohnung mit Terrasse suchen und zusammenleben."

„So plötzlich? Das kommt aber ziemlich überraschend!"

„Kommt es nicht. Sie hofft vermutlich, durch tätige Reue und Wohlverhalten einer Bestrafung zu entgehen oder wenigstens mit Bewährung davonzukommen. Für ihre fortgesetzte Umgangsvereitelung und die erfundenen Missbrauchsvorwürfe bekäme sie nämlich mindestens zwei Jahre aufgebrummt. Und daran gemessen findet sie mich ehemals elendes Schwein als Partner ganz akzeptabel."

„Und wenn doch nicht alles gut wird?"

„Dann treffen wir uns eben hier – die Anstalt wird schließlich in den nächsten Monaten von Grund auf umgebaut, damit bald die fünfzigprozentige Frauenquote in den Knästen erfüllt werden kann. In jedem Gang wird extra ein Wickelraum eingerichtet, um Verbrecherinnen mit Kindern etwas Komfort zu bieten. Persönlich wäre ich für die Aufstellung von Bügeltischen." Er grinste. „Da kommt übrigens gerade der Chef!"

Tim drehte sich um und fing ohne Vorwarnung einen gewaltigen Kinnhaken, der ihn sofort auf die Bretter geschickt hätte, wenn denn da Bretter gewesen wären. Er war schon bewusstlos, bevor er auf dem Zickzackmuster des Sandbodens aufschlug.

Körniger Sand an der Lippe und auf den Zähnen. Tim spürte allerdings keinen Sand, sondern einen geriffelten Schlauch im Mund, der auch noch Brechreiz bewirkte. Versuche, ihn auszuspucken. Die misslangen, auch nach mehreren Anläufen. Plötzlich flammte überall ein grelles, fast weißes Licht auf. Tim kniff die Augen zu, wollte sie mit der Hand abdecken, wurde aber vom Stechen im Arm davon abgehalten. Wie oft denn noch? Waren irgendwelche Rezeptoren im Großhirn falsch vernapst?

Als er wieder einigermaßen sehen konnte, beugte sich ein Mann im Arztkittel über ihn und schaute bekümmert drein. Er griff Tim an die Wange, zog ihm das Lid zurück und leuchtete mit einer dünnen, schwarzen Taschenlampe ins rechte Auge. Erneut versank die Welt in Dunkelheit. Dunkelheit und Erleichterung und Freiheit. Jahrelang.

Bis die beiden schwatzenden Schwestern wieder ins Zimmer kamen, um ihn umzubetten und eiskalt abzuwaschen. Hatte Tim nicht längst entschieden, dass diese Szene im Film ersatzlos gestrichen wurde?

„Schnitt!" Aber auf den Regisseur Tim hörte niemand.

„Diesen Blödmann haben wir auch ewig an der Backe."

„Was soll's, der Schwachkopf gibt wenigstens keine Widerworte und wehrt sich nicht."

„Wie in der guten alten Zeit, als alle Männer noch Puppenkasper waren und nicht einmal nachprüfen durften, ob sie ein Kuckuckskind untergeschoben bekamen."

„Ja, damals konnten wir auch noch Eheverträge einfach aufheben lassen und die Pfeifen mussten auf ewig zahlen. Verlorenes Paradies. Schade drum!"

„Es war wohl wirklich eine tolle und aufregende Zeit. Meine Mutter hat oft davon erzählt. Ich wäre unterhaltsberechtigte Hausfrau und Mutter gewesen, mit Frau im Spiegel beim Friseur und Cosmopolitan auf dem Nachttisch. Tanzen in der Aerobicgruppe und Spaß mit den Freundinnen beim Besuch der California-Dream-Boys. Und alle meine Wünsche hätte mir das Universum erfüllt."

„Es sollten damals sogar, wie in Skandinavien, die Freier von Huren gnadenlos bestraft werden – die Schweine hätten also bei uns schön Bitte-Bitte machen oder sich selbst einen runterholen müssen."

„Ich schätze es auch sehr, wenn die Herren brav betteln und ich sie dann gepflegt abblitzen lassen kann, einfach so!"

Die Schwester – oder war es eine Zivildienstleistende? – lächelte, deckte Tim zu und schaltete den Radiowecker ein, der sofort *das Beste aus den Siebzigern, Achtzigern und das Tollste von heute* dudelte, immer wieder unterbrochen von Anekdoten eines glänzend gestimmten Moderators. Jeweils zur vollen Stunde wurden Nachrichten gesendet. In Bangladesch hatte es eine Jahrhundert-Überschwemmung gegeben. Südspanien litt unter Dürre, die Weinernte war in Gefahr und die Europäische Union sollte mit Subventionen helfen. Ein Politiker hatte sich mit Kokain und osteuropäischen Prostituierten erwischen lassen und bat um eine zweite Chance. Die vom früheren Bundespräsidenten Köhler 2006 eingeführte Frauenquote für Bundesverdienstkreuze war abgeschafft worden. Bei einem Busunglück in Südafrika waren zwölf Menschen zu Tode gekommen, darunter auch Männer und Kinder, wie der Nachrichtensprecher betroffen betonte.

Selbst, wenn ich wirklich der allmächtige Gott wäre, dachte Tim, wäre ich völlig unschuldig, denn ich hätte auch in diesen Fällen keine Prüfungen persönlich geschickt, sondern nur den Keim der Zukunft gelegt. Werden und Vergehen. Immerhin enthalten diese Nachrichten keinen letzten Beweis dafür, dass ich nicht Gott bin. Oder eine Rosine im Kuchen der Zeitachsen und Galaxien.

Vorsichtig löste er sich vom Tropf, kroch aus dem Bett, schlich zum Kleiderschrank. Öffnete ihn und entdeckte an der Türinnenseite ein Merkblatt zum Thema Männergesundheit. Zog sich an. Gürtelklappern. Dann auf Zehenspitzen zum Fenster. Es war unverschlossen. Er klappte beide Flügel auf und sprang mit einem einzigen Satz auf den Rasen. Zwei Tauben flogen mit knallenden Flügelschlägen auf. Gemessenen Schrittes ging er zum Jägerzaun und kletterte hinüber. Auf der Straße parkte ein weißer Mercedes-Lieferwagen mit weit geöffneten Hecktüren, jedoch ohne seinen Besitzer.

Trotz schmerzender Gelenke und ausgeprägter Anlehnungsbedürftigkeit sah Tim von einer Pause ab und spazierte weiter, vorbei an zwei hochgewachsenen, misstrauisch umherblickenden Polizisten.

Nach zwanzig endlosen Minuten fand er sich in der Pizzeria *Mamma Mia* wieder. Es war brechend voll. Sämtliche Herrenparkplätze vor der Tür waren besetzt. Der von Schweißausbrüchen und Durst geplagte Tim wurde vom Kellner zu einem glatzköpfigen Rentner an den Tisch platziert. Die Musikbox plärrte *Gloria* von Umberto Tozzi und *Highdown Fair* von Angelo Branduardi. Eine dichte Geräuschkulisse, die den Alten animierte, zuerst vom leider völlig zu Unrecht verlorenen Zweiten Weltkrieg und dann von Deutschland im Zeitalter des Feminismus zu schwadronieren. Offenbar war der Kessel von Stalingrad im Vergleich zum mörderischen Kampf gegen Alice Schwarzer & Co ein entspannter Spaziergang gewesen.

„Tja, Arschgeweih und Schlampenstempel kamen doch viel schneller aus der Mode als erwartet, da musste das arme, moderne, enorm individualistische und selbstbestimmte Weibchen zur Enttätowierung unter den Laser. Natürlich bezahlte den ganzen Spaß die Krankenkasse, denn von einer freien und selbstbestimmten Powerfrau konnte niemand erwarten, sich über die Dauerhaftigkeit einer Tätowierung im Klaren zu sein!"

Tim bestellte sich eine Flasche *Chianti Classico* und lächelte höflich. Alte Kriegsgeschichten waren langweilig und ähnelten sich immer sehr. Aber für die Veteranen schienen sie große Bedeutung zu haben, sicher half die dauernde Wiederholung bei der Verarbeitung von schrecklichen Erlebnissen. Der Rentner redete sich richtig in Fahrt.

„Es gab damals im Privatfernsehen Sendungen, in denen man Menschen auf einsamen Inseln aussetzte, um zu beobachten, was dann geschieht. Und was geschah: Männer erledigten die ganze harte Arbeit und die Frauen ... nun ja, Frauen machten Schwierigkeiten und mobbten sich gegenseitig."

„Dafür war genug Zeit?" fragte Tim, während seine Weinflasche quietschend entkorkt und ihm ein Schluck eingeschenkt wurde.

„Um diese Zeit übrig zu haben, wurde sich vorher natürlich um alle Arbeiten auf typisch weibliche Weise gedrückt. Und alte, längst überkommene Rollenbilder kamen den Frauen plötzlich sehr gelegen. Rollenbilder wie: Frauen sitzen gemeinsam um eine Feuerstelle, werfen die von den Männern erbeuteten und herangebrachten

Fressalien in einen großen Kochtopf und schwatzen und zicken herum."

Tim nahm einen Probierschluck vom zu kalten Chianti, nickte der Kellnerin trotzdem zu und bestellte noch eine kleine Pizza *Calzone*. Der Rentner blieb beim Bier und seiner Bruschetta mit Öl, Knoblauch und Schinken. „Herumzicken", fuhr er fort, „also das, was Weibchen seit Abertausenden von Jahren mit Begeisterung tun, um sich die Zeit zu vertreiben! Während die blöden, sozial inkompetenten Männer absolut belanglosen Scheiß machten wie Straßen und Häuser bauen, Flugzeuge oder Autos erfinden, Tiere züchten und so weiter."

„Das ist jetzt aber eine sehr einseitige Darstellung", erwiderte Tim, „ schließlich leisteten auch weibliche Ingenieurinnen einiges. Soweit ich weiß, hat eine Frau den Autoscheibenwischer erfunden. Die Champagner-Lagerung. Einwegwindeln. Und ja, auch den Kaffeefilter. Madame Curie nicht zu vergessen! Die Emanzipation hatte also bestimmt nicht nur negative Seiten."

„Junger Mann, die Frauen fühlten sich tatsächlich ungemein emanzipiert und verlangten im Gegenzug vom Mann, dass er sich gefälligst ändert und danach richtet. Begehrten die Damen dann aber doch lieber einen archaischen Massai oder einen ungestümen Taliban, schien ihnen auch die vorher verteufelte Rolle als schwarzverhüllte Gebärmaschine völlig in Ordnung und irgendwie bunt und mutig zu sein." Er trank einen großen Schluck Bier.

„Aber nach Jahrtausenden der Unterdrückung durch Staat und Kirche konnten Frauen doch nicht auf Anhieb wissen, wie Freiheit funktioniert und wie man damit sinnvoll umgeht", sagte Tim.

„Kirche – das ist ein hervorragendes Stichwort, junger Mann! Denn in den meisten Religionen spielen Frauen eine völlig untergeordnete, sogar unterdrückte Rolle. Trotzdem können Frauen, obwohl doch so intelligent, viel mehr als wir Männer mit Esoterik, Tarot, Schamanentum und anderem Aberglauben anfangen. Als Tiefgläubige."

Tim kratzte sich am Hinterkopf, schwieg und schenkte sich Wein nach, was den Rentner zu weiteren Ausführungen ermunterte.

„Es war damals übrigens wahnsinnig spannend, FrauTV zu sehen. *Sexuelle Belästigung: Die Männer müssen lernen, wo ihre Grenzen sind*, hieß eine Sendung. Witzig, wie schnell sich ein promiskes Powerweib in die schüchterne, unerfahrene Kleine aus dem Mädchenpensionat verwandelte, die unentwegt von fiesen Kerlen belästigt wurde, nach dem Motto: Studentin völlig aufgelöst und schluchzend: Ja, er hat mich nach dem Theaterbesuch gefragt, ob er mich auf die Wange küssen darf. Ich sagte „ja", meinte aber „nein", was er, wenn er nicht so ein unaufmerksames Chauvinistenschwein gewesen wäre, auch problemlos am Zucken des dritten Wimpernhärchens von rechts hätte feststellen können. Also hat er mich schon mit diesem gemein erzwungenen Kuss vergewaltigt und mir tonnenschwere Traumata zugefügt, die mich nun für Jahre zu Besuchen beim professionellen Traumdeuter freudscher Ausprägung zwingen."

Der Alte beschäftigte sich hingebungsvoll mit seiner Bruschetta und Tim war froh darüber, denn mittlerweile gingen ihm die immer gleichen Geschichten vom gewonnenen Geschlechterkrieg gehörig auf die Nerven. Vielleicht war der Rentner aber auch nur ein verbitterter Frauenhasser.

„Ich bin kein Frauenhasser", ging es weiter, „ich wurde auch nicht schuldig geschieden, ich will nur meine Ruhe und keine Konflikte. Und ich habe die Erfahrung gemacht, dass Frauen Konflikte einfach lieben. So sehr, dass sie sich krampfhaft welche zurechtbasteln, wenn trotz intensiver Suche keine zu finden sind. Wie zechende Männer, wenn sie ordentlich über den Durst getrunken haben. Allerdings geht es den Damen weniger darum, sich gegenseitig die Zähne einzuschlagen, sondern darum, nach Herzenslust über abwesende Frauen zu lästern, ungeheuer betroffen Nicht-Probleme zu wälzen und ungefragt kluge Ratschläge zu erteilen."

Tim wollte auch keine klugen Ratschläge mehr hören. Er wünschte dem Frauenkenner noch einen schönen Abend, stand auf, ging zur Theke und zahlte, obwohl er die inzwischen richtig temperierte Weinflasche erst zu zwei Dritteln geleert hatte und seine Pizza noch gar nicht serviert worden war.

Ziellos spazierte er umher, genoss steinchenkickend die alkoholbedingte Beschwingtheit. Ging vorbei am Marktplatz, an der Kastanie, an der alten Hauptschule, dann am Feminismusmuseum. Ein paar Häuserzeilen dahinter entdeckte er ein kleines, walmbedachtes Gebäude, dessen weiße Eingangstür die schwungvolle Aufschrift *Plapperina* zierte. An den Fenstern klebten ungelenk ausgeschnittene, mit Wachsstiften bunt bemalte Figuren aus Papier, wie an Kindergartenfenstern. Mit dem Unterschied, dass die Figuren allesamt eindeutig weiblich waren und knielange Röcke trugen. Möglicherweise ein übrig gebliebenes Frauenhaus für geschlagene und gedemütigte Frauen. Im neonbeleuchteten Schaukasten rechts neben der Tür fragte ein Plakat „*Die Kinder schon lange aus dem Haus? Der Hund auch gestorben?*" und bot den Angehörigen des kindergebärenden Geschlechts professionelle Gesprächshilfe zu unterschiedlich gestaffelten Tarifen. Frauen der Generation sechzigplus mussten am meisten zahlen. Vom Wein ermuntert öffnete Tim die Tür und trat ein.

„Hallo, junger Mann!", begrüßte ihn ein rundlicher Mittfünfziger im grauen Kammgarn lächelnd. „Es gibt nur zwei Möglichkeiten: Entweder Sie sind hier falsch oder Sie suchen jemanden. Mein Name ist Decker, wie kann ich Ihnen weiterhelfen?"

„Danke, sehr nett, aber ich war nur neugierig", antwortete Tim, „was ist denn das für eine eigenartige Dienstleistung, die Sie hier anbieten? Gesprächshilfe?"

„Gar nicht eigenartig. Zukunftsweisend!", meinte der Dicke und verzog das Gesicht zu einem breiten Grinsen. „Im Moment ist hier wenig zu tun, also setzen Sie sich doch kurz zu mir. Ich erkläre Ihnen unsere Plapperina-Geschäftsidee bei einem Becher Kaffee." Tim nickte, nahm Platz und spitzte die Ohren.

„Alle Frauen müssen reden. Überall. Immerzu. Auch in Situationen, in denen es überhaupt nichts zu bereden gibt. Und je älter die Damen werden, desto schlimmer haben Umwelt und Wirtschaft unter dem weiblichen Plapperzwang zu leiden."

Herr Decker schlürfte von seinem dampfenden Kaffee und Tim tat es ihm, obwohl es sich nur um fast geschmacksneutralen, leicht bitteren Instantkaffee handelte, gleich.

„Denken Sie an die Herthas und Gertruds, die personifizierten Schrecken der Supermärkte. Der Wurststand ist ihre Domäne. In leidendem Tonfall vorgebrachte Sätze wie ‚Ist die Wurst auch frisch?', ‚Wie schmeckt die denn?', ‚Letzte Woche war eine andere Sorte Mortadella da' oder ‚Bitte ein Achtel, aber eine halbe Scheibe weniger' erzeugen bei gesunden Männern ungesunden Bluthochdruck und gefährlich verdrehte Augen." Tim meinte, sich zu erinnern und grinste.

„Oder denken Sie an die unnötigen Besuche der Großmütter in den Klinikambulanzen. Jede graugewandete Oma will sich ausführlich unterhalten und ernst genommen werden – wie kerngesund sie in Wirklichkeit auch herumspringen mag!"

„Und wie beseitigen Sie solche Ärgernisse?" Tim stellte seinen Becher vorsichtig auf dem Schreibtisch ab.

„Durch einfühlsame, verständnisvolle und natürlich individuelle Gespräche. Im Rahmen der neuen Gesetzgebungsverfahren hat der Bundestag die Irrationalität des überbordenden weiblichen Sprechbedürfnisses durch wissenschaftliche Studien zweifelsfrei belegen lassen. Aber leider nicht ansatzweise heilen oder wenigstens verbieten können." Er stieß einen Seufzer aus. „Wenn die Kinder irgendwann von zu Hause ausgezogen sind und auch der Hund das Zeitliche gesegnet hat, finden die Damen kaum noch ein Opfer zum stundenlangen Zuschnattern. Früher belagerten sie auf Kassenkosten die Arztpraxen, aber dort werden jetzt Männer bevorzugt behandelt. Besonders Frauen, deren Äußeres selbst hartgesottene Tierfreunde erblassen lässt, zählen zu unseren zufriedenen Stammkundinnen." Entspannt lehnte sich Herr Decker zurück.

„Sie verdienen Ihr Geld nur mit schlichtem Zuhören?", fragte Tim, griff wieder nach dem Kaffeebecher und führte ihn zum Mund.

„Zuhören ja, aber bitte nicht nur und nicht schlicht! Im Grunde bekommen wir sauer verdientes Schmerzensgeld. Ich würde den alten Schabracken natürlich lieber heimlich etwas Östrogen in den Kaffee kippen, aber das wäre ethisch zweifelhaft." Tim stellte schnell den Becher ab. „Von uns Fachleuten wird eine ernsthaft interessierte und emotional stimmige Reaktion erwartet", fuhr Herr Decker ungerührt fort. „Sei es auf endloses Geschwafel über Grass und Böll, sei es über unmotiviertes Eierstocksausen in den Wechseljahren oder über die destabilisierende Wirkung des Mondschattens auf Tarotkarten. Viele der Damen haben einen verdrängten Vaterkomplex oder als Kind zu heiße Suppe gelöffelt, vielleicht sind sie auch mal auf dem Nachttopf eingeschlafen. So etwas mussten sich wehrlose Männer früher stundenlang ohne Gegenleistung anhören – unsere Arbeit rettet also Ehen und spart Arztkosten. Wir wären sogar in der Lage, bei entsprechendem Bedarf gestalttherapeutisch vorzutanzen."

„Könnten sich Großmütter denn nicht einfach damit beschäftigen, sich um ihre Enkel kümmern? Und den Kleinen etwas aus ihrem bewegten Leben erzählen?"

„Das ist grundsätzlich keine schlechte Idee", gab Herr Decker zurück, „aber die junge Mutter von heute kümmert sich lieber selbst um ihren Nachwuchs und verspürt wenig Neigung, sich schlecht erfundene Krankheitsgeschichten oder altfeministisches Geschwätz anzuhören. Und: Viele dieser angeblich emanzipierten Frauen bekamen natürlich niemals einen Mann ab, da fehlt es logischerweise jetzt auch an den Enkeln."

Herr Decker verzog das Gesicht. Er tat das ausgesprochen gemächlich, in Zeitlupe. Sein Lächeln entwickelte sich nach und nach zu einem grimassenhaften Grinsen und er sprach mit einem Mal deutlich lauter. Tim zuckte zusammen, zog die Stirn kraus, räusperte sich und wollte etwas Kluges antworten oder wenigstens anmerken, dass er nicht taub sei, aber seine Stimme versagte und machte nur ein keuchendes Geräusch. Er sah zur Wand.

Dort klebte zwischen Bohrlöchern eine *Prilblume* der allerersten Generation. Diese Blume, genau diese Blume, kannte er von irgendwo her. Daneben hing ein holzgerahmtes Poster. Es zeigte eine sehr junge Frau, die blondgelockt, braungebrannt und barbusig auf einem Cocktailsessel posierte, deren enger Rock, zufällig hochgerutscht, den Blick auf unglaublich lange Beine lenkte. Auch das Mädchen kam ihm bekannt vor.

Herr Decker verschwand schleichend aus dem Blickfeld, löste sich förmlich in nichts auf. Tims Stirn fühlte sich ganz heiß an und juckte entsetzlich, wie abheilende Windpocken. Er kratzte und er kratzte sie blutig. Der körpereigene Fleischer machte sich wieder daran, seinen Rücken mit dem ganz großen Fleischklopfer zu bearbeiten und der lustige Italiener aus *Down By Law* versuchte mit aller Kraft, seinen Schädel, den Kiefer, die Nase und auch den Brustkorb mit der schwarzen Billardkugel zu zertrümmern. Die Schmerzkurve zeigte steil und zackenfrei nach oben und ließ Tim keine Millisekunde zum Atemholen. Ganz hoch oben, weit über der Erträglichkeitsgrenze, verharrte sie zitternd, ohne auch nur eine winzige Abwärtsbewegung anzudeuten oder wenigstens eine Chance auf Gewöhnung zu gewähren.

Tim schwitzte, troff aus jeder Pore seines vereisten Körpers und hoffte auf ein sofortiges Ende. Es sollte nur vorbei sein. Für immer. Stattdessen setzte die Kurve schlagartig zu einem neuen Höhenflug an und demonstrierte, wie viel und wie lange ein Mensch, dessen Welt ausschließlich als ungefilterter Schmerz existiert und der inzwischen sogar die Hoffnung auf den Tod aufgegeben hat, aushalten kann.

Eine rasante Bahnfahrt durch düsteren Fichtenwald. Warum nicht im Auto wie sonst? Frühnebel, immer mehr und immer dichterer Nebel, er sah die hohen

Bäume nur noch als Andeutung hinter grauen Schwaden. Nichts, absolut nichts, woran sich die Augen festhalten konnten. Bilder von einem hübschen Mädchen, lockende Lippen, einladende Schenkel, makellose Haut. Keine anonyme Schönheit, er erinnerte sie genau. War nun diese Fahrt Wirklichkeit oder war es die Fantasie im Schädel? Das Mädchen wirkte viel stärker. Leben als Wunsch und Wille.

Drei halbwüchsige Jungs mit bunten Schultaschen rissen die Tür auf, enterten das Abteil. Sie schienen Tim nicht zu bemerken, pfefferten ihre Taschen auf das Gepäckgitter über den Sitzen, warfen sich in die Polster und nuckelten an Coladosen. Oder sie ignorierten ihn bewusst. Jedenfalls unterhielten sie sich laut und Kaugummi kauend über ihre Hauptschule und über den Boysday vom vergangenen Tag. Einer der Schüler hatte, obwohl er das zuerst nicht wollte, einen ambulanten Hebammerich begleitet und wollte nach dieser Erfahrung bald selbst „beim Krankenhaus auf Hebammerich machen". Vermutlich hatte seine Deutschlehrerin ihn nach Ende der Mädchenförderung trotz schwacher Leistungen mit durchgeschleppt, weil er immer so schön bunt „Nazis raus" an die Toilettenwände kritzeln konnte.

Tim wünschte sich, zu seinem Erstaunen erfolgreich, die nächste Station herbei. Dort stakste er als einziger Fahrgast aus dem Zug. Einsteigen wollte auch niemand. Der Bahnsteig war menschenleer. Gepäck hatte er nicht mitgenommen, bis auf die dicke Frauenbibel. Ihn interessierte, wie sie die Stelle „*Und Mose wurde zornig über die Hauptleute des Heeres, die Hauptleute über tausend und über hundert, die aus dem Feldzug kamen, und sprach zu ihnen: Warum habt ihr alle Frauen leben lassen?*" übersetzte und deutete.

Zweihundert Meter weiter, im gelb geklinkerten und frisch gefegten Bahnhofsgebäude bewarben mannshohe Plakate kostenlose Ernährungsberatung und Selbstbehauptungskurse für Wohnungslose. Eine Gruppe von fünf angetrunkenen, zerschlissen gekleideten Frauen brachte dafür nur wenig Interesse auf und hielt sich krakeelend an No-Name-Dosenbier. Früher gab es Hilfe und sogar Pensionen mit Einzelzimmern speziell für weibliche Obdachlose; vielleicht wurden inzwischen umgekehrt Männer so beherbergt.

Tim verließ den Bahnhof durch eine Drehtür und schlenderte die Hauptstraße entlang. Vorbei an typisch griechischen, aber menschenleeren Tavernen, aus denen dennoch Sorba's Dance wehte, vorbei an einsamen, stinkenden Fischbrötchenständen und verwaisten Souvenirläden, bis hinunter zum großen See.

Er sah einen weißen Ausflugsdampfer, der einen halben Kilometer entfernt das grüne Inselchen passierte, und rang sich zu einem Spaziergang durch. Zwar zuckten und schmerzten immer noch die Muskeln, alle Muskeln, aber das taten sie immer. Dafür durchströmte jetzt klare und kalte Luft gleichmäßig seine Lungen und erweckte in ihm das Gefühl, als müsse er nicht selbst mühevoll einen Fuß vor den anderen setzen und auch nicht selbst atmen. Als würde eine freundliche Maschine alle Arbeit übernehmen und ihn entlasten.

So durchschritt er einsam den unbefestigten, sandigen Wanderweg und wich dabei den glitschigen Wegschnecken aus. Links ein Laubwald und alte Forellenteiche mit trägen, grünköpfigen Stockenten. Rechts der See voller Schilf, Blesshühner und Aalreusen. Schwacher Geruch von den verpilzten, modernden Baumstümpfen stieg ihm in die Nase, dazu starker Geruch von Aas.

Nach sechs Kilometern und bestimmt zwanzig Weg-schnecken erreichte Tim eine Lichtung. Offenbar eine alte Pferdekoppel, aber inzwischen ohne Pferde und schon stark mit Brombeerbüschen und lila blühenden Distelkolonien überwuchert. Ein rostiges Schild verbot das Füttern der nicht vorhandenen Tiere. Eine Bank. Er setzte sich aber nicht, sondern legte sich ins sonnige Gras und zupfte ein paar Samen von den langen Halmen und spielte damit zwischen den Fingern. Es war gut zu fühlen. Die Bibel diente als Kopfstütze. Kein einziger Mensch war ihm auf seinem Marsch begegnet. Zeit, die Lider zu schließen, Wind und Wärme zu genießen und dem Zirpen der Grashüpfer zu lauschen. Dennoch wirkten alle Eindrücke eigentümlich zweidimensional, ohne Tiefe, als würde er nur an einer äußeren Schutzschicht kratzen. Einsam wie ein Mammutzahn im ewigen Eis.

Etwas zupfte an seinem Arm. Gab es hier doch noch ein Pferd? Tim öffnete träge die Augen. Lange Haare. Ein Mädchen. Hübsch. Jennifer. In ihrem üblichen Kittel, dessen dunkles Grün sich kräftig mit dem Grün der Wiese biss. Vielleicht wollte sie jetzt das ausgelassene und versprochene Vorspiel nachholen. Ein glänzender Gedanke! Er verspürte Lust, sich bespaßen zu lassen.

Tim versuchte, den Kopf zu heben und guckte wie ein Karnickel, das es darauf anlegt, zwei aufgeblendete Autoscheinwerfer zu hypnotisieren. Jennifer beugte sich über ihn und lächelte, strich über seine Wange. Mehr besorgt als zärtlich. Ihre weiche und bis auf einen roten Pickel auf der Stirn fast makellos glatte Haut glänzte in der sommerlichen Wärme.

Der rote Stirnpickel verschwand plötzlich. Und tauchte nach Sekundenbruchteilen wieder auf. Verschwand. War wieder da. Rechts daneben entdeckte Tim einen ganz schwach, aber dafür ununterbrochen leuchtenden, hell-grünen Punkt, den Widerschein einer Diode.

Außerdem von Wolfgang A. Gogolin erhältlich:

DER PUPPENKASPER
Weibliche Macht – Männliche Ohnmacht

Tim bekommt als Achtjähriger ein Aquarium geschenkt, mit
hübschen Männchen und hässlichen Weibchen. Das
Aquarium wird zum Symbol seines Lebens: Alleinerziehende
Mutter und Emanzen-Lehrerin möchten ihn zum
Frauenversteher erziehen.
Denn Frauen sind seit Jahrhunderten schutzbedürftige Opfer,
Männer dagegen Täter. Tim erlebt im Lauf der Jahre, wie er
selbst gegenüber Frauen benachteiligt wird. Beim Wehrdienst,
im Berufsleben, sogar vor Gericht. Das ist nicht mehr amüsant.
Tims Leben verläuft anders, als Mutter und Lehrerin sich das
dachten. Ganz anders ...

ISBN 3-8334-0946-0   126 Seiten   Euro 7,90

www.puppenkasper.de